O ÚLTIMO SONHO

PEDRO ALMODÓVAR

O último sonho

Tradução
Miguel Del Castillo

Companhia Das Letras

Copyright © 2023 by Pedro Almodóvar

Grafia atualizada segundo o Acordo Ortográfico da Língua Portuguesa de 1990, que entrou em vigor no Brasil em 2009.

A citação de Colm Tóibín na epígrafe foi extraída da obra O mágico (São Paulo: Companhia das Letras, 2023, pp. 232-3), com tradução de Christian Schwartz e Liliana Negrello.

Título original
El último sueño

Imagem de capa
Javier Jaén

Preparação
Diogo Henriques

Revisão
Thaís Totino Richter
Ingrid Romão

Dados Internacionais de Catalogação na Publicação (CIP)
(Câmara Brasileira do Livro, SP, Brasil)

Almodóvar, Pedro
   O último sonho / Pedro Almodóvar ; tradução Miguel Del Castillo. — 1ª ed. — São Paulo : Companhia das Letras, 2024.

   Título original: El último sueño
   ISBN 978-85-359-3783-1

   1. Contos espanhóis I. Título.

24-200727   CDD-863

Índice para catálogo sistemático:
1. Contos : Literatura espanhola 863
Cibele Maria Dias – Bibliotecária – CRB-8/9427

Todos os direitos desta edição reservados à
EDITORA SCHWARCZ S.A.
Rua Bandeira Paulista, 702, cj. 32
04532-002 — São Paulo — SP
Telefone: (11) 3707-3500
www.companhiadasletras.com.br
www.blogdacompanhia.com.br
facebook.com/companhiadasletras
instagram.com/companhiadasletras
twitter.com/cialetras

Para Lola García, meu irmão Agustín e Jonás Peiró

E continham relatos de momentos que ele guardava com carinho, mas não podia compartilhar com ninguém. Olhares casuais para jovens que assistiam a suas palestras ou que ele conhecera num concerto. Olhares que às vezes eram recíprocos e depois se tornavam inconfundíveis em sua intensidade. Embora gostasse das homenagens que recebia em público e apreciasse as grandes audiências que atraía, era sempre desses encontros casuais, silenciosos e furtivos, que ele se lembrava. Não ter registrado nos diários a mensagem enviada pela energia secreta daqueles olhares seria impensável.

Colm Tóibín, *O mágico*

Sumário

Introdução, 11

A visita, 17
Mudanças de gênero em demasia, 38
A cerimônia do espelho, 54
Joana, a bela demente, 72
O último sonho, 92
Vida e morte de Miguel, 97
Confissões de uma sex symbol, 119
Natal amargo, 134
Adeus, vulcão, 152
A redenção, 157
Memórias de um dia vazio, 173
Um romance ruim, 184

Introdução

Mais de uma vez pediram que eu escrevesse minha autobiografia, e sempre recusei; também sugeriram que outra pessoa a escrevesse, mas continuo tendo uma espécie de alergia à ideia de ver um livro inteiro falando de mim como pessoa. Nunca mantive um diário, e quando tentei fazê-lo não passei da segunda página; este livro, no entanto, parece ser minha primeira contradição. É o mais próximo que escrevi de uma autobiografia, ainda que fragmentada, incompleta e um pouco enigmática. Contudo, creio que o leitor conseguirá obter o máximo de informações sobre mim como cineasta e como fabulador (escritor), e sobre a maneira como essas coisas acabam se misturando em minha vida. Porém há mais contradições no que acabo de escrever: nunca consegui manter um diário, eu disse, e no entanto há aqui quatro textos que demonstram o contrário: o que fala da morte de minha mãe, o relato de minha visita a Chavela em Tepoztlán, a crônica de um dia vazio e "Um romance ruim". Esses quatro textos são excertos da minha vida no instante em que eu a vivia, sem um pingo de distanciamento. Esta reunião de contos (chamo todos de contos, não faço distinção de gêneros) mostra a estreita relação entre o que escrevo, o que filmo e o que vivo.

Lola García havia arquivado esses contos inéditos em meu escritório, junto a uma infinidade de outros papéis. Lola é minha assistente nessa e em muitas outras áreas. Para reuni-los, retirou-os de pastas azuis velhas, resgatadas em meio ao caos de minhas múltiplas mudanças. Ela e Jaume Bonfill decidiram espanar o pó desses escritos. Eu não os havia lido desde que os escrevi; Lola os arquivara e eu já tinha me esquecido deles. Nunca teria parado para lê-los depois de décadas se ela não tivesse sugerido que eu desse uma espiada. Lola selecionou criteriosamente alguns, para ver qual seria minha reação ao lê-los. Nos momentos de isolamento entre a pré e a pós-produção de *Estranha forma de vida*, diverti-me lendo esses textos. Não os retoquei, porque o que me interessava era lembrar de mim mesmo e lembrar deles da maneira como haviam sido escritos, cada um em seu momento, e perceber como minha vida e tudo o que me cerca havia mudado desde que saí da escola.

Eu me via como escritor desde criança, sempre escrevi. Se havia algo que estava claro para mim era minha vocação literária, e se há algo de que não tenho certeza são minhas conquistas. Há dois contos em que falo do meu gosto pela literatura e pela escrita ("Vida e morte de Miguel" — escrito durante algumas tardes entre 1967 e 1970 — e "Um romance ruim", escrito em 2023).

Reconciliei-me com alguns deles e me lembrei de como e onde os escrevi. Vejo a mim mesmo, no pátio da casa da minha família em Madrigalejo, escrevendo "Vida e morte de Miguel" em uma Olivetti, debaixo de uma parreira, com um coelho esfolado pendurado por uma corda servindo como o tipo mais repugnante de caça-moscas. Ou no escritório da Telefónica, no começo dos anos 1970, escrevendo escondido tão logo terminava o trabalho. Ou, é claro, nas diferentes casas em que morei, escrevendo em frente a uma janela.

Estes contos são um complemento a meus trabalhos cinematográficos: por vezes serviram como reflexo imediato do momento que eu vivia, e acabaram virando filmes muitos anos depois (*Má educação*, algumas sequências de *Dor e glória*), ou acabarão virando um dia.

Todos são textos de formação (ainda não dei por encerrada essa etapa) e muitos nasceram como forma de fugir do tédio.

Em 1979, criei Patty Diphusa, uma personagem transbordante em todos os sentidos ("Confissões de uma sex symbol"), comecei o novo século com a crônica de meu primeiro dia de orfandade ("O último sonho") e diria que, em todos os textos posteriores — incluindo "Natal amargo", onde me permiti incluir uma *set piece* sobre Chavela, cuja voz aparece, inesquecível, em vários de meus filmes —, volto o olhar para mim mesmo e me torno o novo personagem sobre o qual escrevo em "Adeus, vulcão", "Memórias de um dia vazio" e "Um romance ruim". Esse novo personagem, eu mesmo, é o oposto de Patty, embora sejamos a mesma pessoa. Neste novo século me tornei alguém mais sombrio, mais austero e mais melancólico, com menos certezas, mais inseguro e mais medroso: e é aí que encontro minha inspiração. Prova disso são os filmes que venho fazendo, especialmente nos últimos seis anos.

Está tudo neste livro; também descubro que, recém-chegado a Madri, no começo dos anos 1970, eu já era a pessoa que me tornaria depois: "A visita" se transformou, em 2004, em *Má educação*, e, se eu tivesse dinheiro, já teria estreado como diretor com "Joana, a bela demente" ou "A cerimônia do espelho", e teria continuado fazendo os filmes que fiz depois. Mas ainda há alguns contos anteriores à minha chegada a Madri, escritos entre 1967 e 1970: "A redenção" e o já mencionado "Vida e morte de Miguel". Em ambos percebo, por um lado, que acabara de me formar no colégio, e, por outro, a angústia juvenil, o medo de continuar preso na cidadezinha e a necessidade de fugir o quanto antes para Madri (nesses três anos vivi com minha família em Madrigalejo, Cáceres).

Tentei manter os contos do jeito que os escrevi, porém reconheço que não resisti a dar uma repassada em "Vida e morte de Miguel"; o estilo me parecia muito arrogante e fiz alguns ajustes, respeitando o sabor original. Esse é um dos contos cuja leitura, mais de cinquenta anos depois, me surpreendeu. Eu me lembrava perfeitamente da ideia que movia a narrativa, a de contar a vida no sentido inverso. Isso era essencial e, se me permitem, original. Décadas depois, pensei que tinham copiado minha ideia em O curioso caso de Benjamin Button. A história em si é convencional e corresponde à minha trajetória de vida, tão escassa naquele momento. O importante era a ideia. Lendo hoje, descubro que a história fala sobretudo da memória e da impotência diante da passagem do tempo. Com certeza escrevi o texto tendo isso em mente, mas havia me esquecido, e isso me surpreende. A educação religiosa, no entanto, está presente em todos os contos dos anos 1970.

A mudança radical acontece em 1979 com a criação de Patty Diphusa; eu não poderia ter escrito sobre essa personagem nem antes nem depois do turbilhão do final dos anos 1970. Visualizei a mim mesmo na máquina de escrever, fazendo de tudo, vivendo e escrevendo a uma velocidade vertiginosa. Encerro o século com "O último sonho", meu primeiro dia de orfandade; quis incluir essa pequena crônica porque reconheço que suas cinco páginas estão entre as melhores coisas que escrevi até hoje. Isso não demonstra que eu seja um grande escritor; seria o caso se tivesse conseguido escrever ao menos duzentas páginas do mesmo calibre. Para poder escrever "O último sonho" foi preciso que minha mãe morresse.

Além da relação de *Má educação* com "A visita", já há nestes textos muitos dos temas que aparecem e dão forma a meus filmes. Um deles é a obsessão por *A voz humana*, de Cocteau, que já se via em *A lei do desejo*, estava na origem de *Mulheres à beira de um ataque de nervos*, reapareceu em *Abraços partidos* e por fim se tornou *A voz humana*, com Tilda Swinton, em 2020. Em "Mudanças de gênero em demasia" também falo de um dos elementos-chave de *Tudo sobre minha mãe*: o ecletismo, a mistura não apenas de gêneros, mas de obras que me marcaram — além do monólogo de Cocteau, *Um bonde chamado desejo*, de Tennessee Williams (o nome da minha produtora é El Deseo), e *Noite de estreia*, o filme de John Cassavetes. Tudo o que caiu em minhas mãos ou que passou diante de meus olhos foi por mim apropriado e misturado, transformado em algo meu, embora sem chegar ao extremo de León em "Mudanças de gênero em demasia".

Como cineasta, nasci em plena explosão pós-moderna: as ideias vêm de qualquer lugar; todos os estilos e épocas convivem, não há preconceitos de gênero ou guetos; tampouco existe um mercado, apenas a vontade de viver e fazer coisas. Era o terreno fértil perfeito para alguém como eu, que queria devorar o mundo.

Eu podia ter me inspirado nos pátios de La Mancha, onde passei minha primeira infância, ou no salão escuro do Rockola, detendo-me, se necessário, nas áreas mais sinistras da minha segunda infância no colégio-prisão dos salesianos. Anos turbulentos e radiantes, porque o horror salesiano tinha como trilha sonora as missas em latim que eu mesmo cantava como solista do coro (*Dor e glória*).

Agora posso dizer que esses foram os três lugares em que

me formei: os pátios *manchegos* onde as mulheres faziam renda de bilro, cantavam e criticavam toda a cidadezinha; a explosiva e libertina noite madrilenha de 1977 a 1990; e a tenebrosa educação religiosa que recebi dos salesianos no começo dos anos 1960. Tudo isso está concentrado neste volume, junto com outras coisas: o Desejo não só como produtor dos meus filmes, mas como loucura, epifania e lei à qual precisamos nos submeter, como se fôssemos protagonistas da letra de um bolero.

A visita

Na rua de uma pequena cidade da Extremadura, uma moça de uns vinte e cinco anos chama a atenção dos transeuntes por sua aparência extravagante. Passaram-se as primeiras horas da manhã, e sua indumentária, por si só muito chamativa, parece ainda mais imprópria sob a luz do sol. Mas ela caminha inabalável, sem se deixar afetar pelos olhares surpresos dos pedestres. Como se seguisse um plano antigo e muito elaborado, a jovem avança, segura. Seu vestido, chapéu e demais acessórios são idênticos aos de Marlene Dietrich em *Mulher satânica*, quando tenta seduzir um funcionário importante para que ele dê passaportes a ela e a Cesar Romero. Mais que uma evocação pura e simples, seus movimentos são a cópia exata daqueles da famosa atriz. Essa imagem sofisticada e anacrônica, no contexto de uma cidade pequena, se torna completamente irreal e escandalosa.

A mulher se detém diante da porta de um colégio de padres salesianos e entra no edifício com a mesma segurança com que antes caminhava pela rua. Não há qualquer indício de dúvida em sua atitude, ela se desloca como se o colégio lhe fosse familiar. Da portaria, um sacerdote sai ao seu encontro, atônito:

— O que a senhorita deseja? — ele pergunta, muito incomodado.

— Gostaria de falar com o padre diretor — responde a mulher, com uma naturalidade acachapante.

O sacerdote olha para ela quase aterrorizado, e fala sem nenhuma convicção:

— Não sei se ele está no colégio.

— Eu sei que a esta hora ele está na sala dele.

Apesar de a jovem se expressar de forma contundente, sua segurança anula qualquer provocação que pudesse haver em suas palavras. O sacerdote a olha de cima a baixo e não sabe o que dizer. Não deveria deixá-la entrar, tem uma aparência escandalosa demais, ele pensa em silêncio.

— Veja bem, este é um colégio de meninos e...

— E o quê?

— É que... você... com esse vestido...

— Qual o problema do meu vestido? — a moça olha para si mesma como se temesse encontrar uma mancha ou algum rasgo. — Não gostou?

— Não é isso...

— Então o quê? Não vá dizer que seus alunos nunca viram uma mulher.

— Senhorita!

Ela o interrompe:

— O padre diretor está na sala dele ou não?

— Talvez ele não possa recebê-la neste momento.

— Estou aqui por conta de um assunto muito urgente, que interessa tanto a ele quanto a mim. Mas não se preocupe em me mostrar o caminho, já o conheço, tenho um irmão que estudou aqui e vinha visitá-lo bastante.

Sem esperar a resposta, ela envereda por um corredor estreito que leva ao pátio. O sacerdote a segue, alarmado.

— Senhorita! Senhorita!

— É ali, na porta da esquerda, não é?

— Sim, é ali — o padre a vê desaparecer, atordoado.

Não há ninguém no pátio, é um dia festivo e a maioria dos alunos internos estão fora, na cidade. Restam apenas os que estão de castigo e os estudiosos. A moça desce ostensivamente a escadaria do pátio e se dirige à porta que havia apontado ao sacerdote. Dá duas ou três batidas secas e espera. Entre, ouve-se lá de dentro. Ela abre a porta e avança. Um frade de cerca de quarenta e cinco anos está sentado à escrivaninha, e ao vê-la entrar não consegue disfarçar a expressão assustada.

— Quem é você?

— Não me olhe desse jeito. Sou irmã de um de seus antigos alunos e venho da parte dele falar com o senhor — a mulher sorri, desenvolta.

O padre diretor se dirige a ela, taciturno, mas curioso para saber do que se trata.

— A que aluno se refere?

— Sou irmã de Luis Rodríguez Bahamonde.

Ao ouvir o nome, o frade muda de expressão e a observa com maior curiosidade, abstraindo sua aparência, interessado exclusivamente em encontrar algum detalhe que lhe garanta que o que ela diz é verdade.

— É mesmo irmã do Luis? — ele pergunta, fascinado, e a mulher assente friamente. — Fui um grande amigo do seu irmão, para mim ele não era um aluno qualquer — há uma nostalgia evidente em suas palavras.

— Vim falar sobre ele.

— Pois fico muito contente. Faz tanto tempo que não o vejo! Éramos ótimos amigos... Mas esses rapazes, quando terminam os estudos, se esquecem completamente de nós. Cheguei a escrever uma carta ou outra para saber da vida dele, mas nunca obtive resposta. Como ele está? Imagino que tenha mudado muito, já deve ser um homem-feito. Reparando bem, você se parece bastante com ele, tem os mesmos olhos.

Ela escuta em silêncio, séria.

— Não tive filhos, é claro, por conta da minha vocação, mas sinto a mesma necessidade de qualquer homem, de proteger e formar os que estão começando a vida — ele para um momento, a moça o esquadrinha sem piscar, mas ele quase não percebe, absorto nas próprias lembranças. — Seu irmão Luis era como um filho para mim. Fico muito contente que você esteja aqui. Qual o seu nome?

— Paula.

— Você tem muita coisa para me contar. Mas primeiro diga por que veio.

— Preciso lhe dar uma má notícia.

— O que aconteceu?

— Alguns meses atrás, meus pais morreram em um acidente de carro.

— Que terrível! Sinto muito.

O padre diretor parece verdadeiramente consternado. Desde que Paula entrou em sua sala ele tentou abstrair sua vestimenta estranha. A ideia de que fosse irmã de Luis o alegrava tanto... Agora, ao saber que os pais dela haviam morrido, e ver a frieza com que comunicara a notícia, seu modo de agir lhe parece incompreensível, em especial o vestido extravagante e inapropriado. Para não agir com desrespeito à situação, faz um esforço e renuncia a qualquer comentário, e esse freio preserva a cordialidade que ele desejava na conversa.

— Como deve imaginar, foi um baque terrível — Paula

continua. — Os últimos meses foram insuportáveis, só agora começo a me sentir com mais forças para lutar.

Nos lábios de Paula, metida naquele modelito luxuoso, essas palavras soam falsas, mas seu tom imponente não dá lugar a qualquer objeção.

— Deus há de ajudá-los, confiem n'Ele, vocês não estão sozinhos.

Os dois permanecem em silêncio por um instante, e logo o sacerdote pergunta:

— E o Luis, como reagiu a...?

— Estava com eles, nenhum dos três sobreviveu.

— Meu Deus! Luis!

É a pior notícia que o frade poderia receber. Ele fica imóvel sobre a escrivaninha, olhando para Paula com espanto, e não é ela que vê, e sim Luis. Ao repetir seu nome, as lágrimas saem em profusão. Paula, solene, olha para ele de modo impassível. Alguns instantes transcorrem assim.

— Perdoe-me. Eu amava muito seu irmão, se tivesse tido um filho não o amaria mais. Eu o vi crescer, se formar. É terrível. Quantos anos ele tinha?

— Vinte e quatro.

O padre diretor fica completamente abatido. A notícia é um verdadeiro choque para ele. Olha de novo para Paula, a cada momento que passa seu vestido parece mais ridículo e inconveniente; por outro lado, a frieza com que fala dessas desgraças o irrita. Como é possível dizer que seus pais e seu irmão estão mortos com tanta indiferença? Sentada diante dele, Paula parece incrivelmente superior, como se nem a morte pudesse afetá-la. O que tamanha demonstração de arrogância pode esconder?

— Trouxe uma foto recente dele para o senhor, pensei que gostaria de guardá-la.

— Oh, sim, claro.

Desde o primeiro momento, o padre diretor acha que não convém exteriorizar demais seus sentimentos em relação ao antigo aluno antes de conhecer melhor Paula, mas sua necessidade de falar de Luis é tal que não se esforça para medir seus comentários. Olhando para a irmã, percebe seu erro — embora, no fim das contas, não tenha lhe dito nada que não dissera antes aos pais deles, quando vinham visitar o filho. Mas eles reagiam de outra forma. Ficavam orgulhosos de saber que Luis era o protegido da pessoa mais importante da escola.

Depois de receber a notícia e diante da presença árida de Paula, o frade se sente desconcertado e inseguro.

— Pegue — diz ela. — Foi um pouco antes do acidente.

Era uma das melhores fotos recentes de Luis. Estava nu, a foto havia sido tirada do umbigo para cima. Da imagem, Luis olhava para ele como se tentasse dizer tudo sem proferir uma palavra. O frade pensa que sempre pedia ao rapaz para lhe enviar uma foto, pedido que ele nunca atendeu.

— Está muito mudado, mas eu o teria reconhecido se o visse na rua. Não consigo acreditar que esteja morto.

À tristeza do sacerdote Paula responde com cinismo:

— De todo modo, para você a morte não deve ser tão terrível quanto para nós.

— Por quê? — o frade não entende o comentário.

— Deus está a seu lado, e isso deve ser um grande consolo. Imagino que qualquer desgraça para vocês tenha um peso diferente.

O padre diretor olha para ela como se quisesse protestar, mas fica em silêncio.

— Apesar do ministério, nada nos protege da dor humana — ele protesta, irritado e abatido, e depois se esforça para não explodir e dizer àquela sem-vergonha o que ela merece ouvir. —

Mas não falemos disso agora, falemos sobre seu irmão, o que ele andou fazendo nos últimos anos, como ele estava.

— A ocupação mais importante dele nos últimos anos foi a literatura. Era o que mais o interessava. Desconfiava muito da própria obra, e é verdade que ainda tinha muito o que aprender, mas já tinha escrito coisas muito interessantes, embora para ele não fossem boas o suficiente. Nós nos amávamos muito — Paula prossegue, e seu rosto perde um pouco da frieza e se endurece. — Fomos criados juntos, eu o conhecia como a mim mesma, não tínhamos nenhum segredo entre nós. Vim aqui porque tenho certeza de que ele iria querer isso.

Paula fala de modo sereno, porém implacável. Há uma espécie de ameaça velada em tudo o que diz. O padre diretor está muito nervoso e não sabe que tom empregar. Conforme o tempo passa, a atmosfera fica mais estranha, e ele não sabe o que fazer para não piorar tudo, porque a única coisa que deseja é que a moça conte mais sobre Luis. Contudo, nesse momento, Paula saca um batom e um espelhinho e, diante dos olhos atônitos do sacerdote, maquia-se com sensualidade. Diante dessa provocação grotesca, o padre não se contém.

— Senhorita, não lhe parece excessivo?

— Excessivo o quê? — ela para e olha para ele.

— Essa frivolidade.

Paula sorri calorosamente.

— Humm, adoro uma frivolidade.

— Por que se vestiu assim para vir aqui? Além de inadequado, é ridículo.

A moça não acha estranha a mudança repentina e desagradável que vai ocorrendo na conversa, e continua agressivamente segura da situação.

— Claro, o senhor é frade e tudo que vem do mundo deve lhe parecer indecoroso.

— Não sei o porquê dessa atitude — o frade já não esconde seu desagrado.

— Vou lhe explicar a razão deste vestido — ela diz, solícita, como se fosse contar uma história. — Existe uma atriz famosa chamada Marlene Dietrich, conhece?

— Não — o frade responde, sem vontade, perguntando-se aonde a louca está querendo chegar.

— Eu a adoro. Em um filme antigo ela aparece vestida com um modelito idêntico a este, e em outro momento do filme canta algo assim...

Paula se levanta e entoa a música. O sacerdote a interrompe e implora que se cale, mas ela, sem dar a menor atenção ao pedido, continua até o fim, fazendo dele um membro de um público invisível ao qual é preciso seduzir.

— Pare com esse número. Chega! — o padre diretor murmura, indefeso e fora de si.

Paula sorri com desprezo.

— Isso é só o começo!

— Por que a senhorita veio aqui?

— Para falar sobre o meu irmão — ela diz, como se nada tivesse acontecido —, e para fazer o que ele não conseguiu, por falta de tempo.

— E era necessário vir vestida desse jeito?

— Sim.

— Eu lhe garanto que, não fosse pela memória do Luis, não a teria deixado dizer uma só palavra.

— E eu digo o mesmo. Também não gosto das suas roupas e até agora não disse nada.

— A senhorita parece uma prostituta.

— Bom faro...

— Não sei quais são as suas intenções, mas já aguentei o suficiente. Vá embora!

— E não vamos falar do meu irmão? Sua curiosidade acabou? Sejamos civilizados — ela o convida a se sentar. — Vou ler algumas das histórias que ele escreveu, acho que o senhor vai se interessar. Lembro que foi aqui que ele começou a escrever. Ainda guardo comigo uma composição poética, dedicada ao Sagrado Coração, pela qual ele recebeu uma excelente nota na aula de literatura, no primeiro ano do ginásio.

— Sim, lembro-me perfeitamente — o frade sente que está sendo jogado de um lado para o outro como um joão-bobo. — Era eu o professor dele. Para a idade que tinha, escrevia com muita sensibilidade. Fico feliz que tenha continuado.

— Já falei que era a principal atividade dele. Está prestes a sair um livro que ele escreveu, uma seleção de contos. Ainda está na gráfica, mas eu trouxe alguns.

— Isso tudo é absurdo... se não fosse pela incrível semelhança entre vocês eu pensaria que era uma piada de mau gosto. De todo modo agradeço que tenha se dado o trabalho de trazer alguns dos escritos dele, ainda que nessas condições; vou adorar lê-los.

— Vou ler os primeiros. São dedicados à memória dos anos dele no colégio.

— Fala de nós?

— Sim, ouça.

[...] Os alunos com melhor desempenho no mês — e eu quase sempre estava entre eles — eram premiados excepcionalmente com um dia inteiro de festa, enquanto os demais rapazes ficavam no colégio assistindo às aulas. Se não estivesse frio, passávamos esse dia no campo; saíamos depois do café da manhã e voltávamos para o jantar. Nessas ocasiões, um professor acompanhava o grupo. Em geral, isso também era um prêmio para ele, porque se divertia tanto quanto a gente. Sua única tarefa era não sair do nosso lado e garantir que não acontecesse nada conosco. Às vezes, o resultado positivo desses passeios se devia principalmente à sua presença agradável, e alguns preparavam com antecedência a programação do dia, preenchendo-a com brincadeiras originais e divertidas; outros nos contavam uma infinidade de histórias divertidas, as quais nunca tínhamos certeza se eram reais, se haviam sido inventadas na hora ou se tinham sido tiradas de um livro, embora ele sempre nos garantisse que tinham acontecido com ele.

Na excursão a que vou me referir, quem nos acompanhou foi dom Ceferino, um frade na casa dos trinta anos. Era um lindo dia de primavera e fomos a um bosque nas redondezas, com um rio e alguns arbustos. Eu não confiava muito em dom Ceferino, havia em seus modos certa malícia mundana que me deixava com o pé atrás; eu era muito piedoso, e o sacerdote ideal, para mim, era o tipo descrito em biografias do gênero, sempre pronto a uma elevação espiritual, com os olhos postos unicamente no céu. O fato de dom Ceferino sorrir como um homem comum me fazia pensar que havia algo nele que não se adequava à sua profissão.

Não sei como, me vi deitado em uma encosta, à sombra de uma árvore, protegido por um arbusto, perto dele, enquanto os demais rapazes brincavam em outra parte do bosque. Deviam estar perto, mas não os víamos. (Agora entendo a que ponto chegou a ousadia de dom Ceferino, qualquer um deles poderia ter aparecido naquele momento.) Não lembro sobre o que falava comigo, certamente era algo em que nem ele nem eu prestávamos atenção, falava apenas para preencher o silêncio. Abriu vários botões da batina, justamente na parte do meio, pegou minha mão e introduziu-a lá, para que o tocasse. Comecei a tremer de terror e excitação e a tirei imediatamente, porém ele voltou a puxá-la com violência. Depois de uma batalha inútil, deixei que se masturbasse com ela; eu sentia cada vez mais curiosidade e nojo ao fazê-lo. Seus pelos pubianos me faziam lembrar do contato com a grama seca e árida do campo. Já no colégio, não conseguia assimilar o ocorrido. Para aplacar a ansiedade, decidi recorrer a meu mentor espiritual — não sabia a quem pedir socorro —, tentando convencer a mim mesmo de que ele me ajudaria.

No dia seguinte, depois do almoço, fui até seu quarto para uma conversa. Bati à porta, e, lá de dentro, ele perguntou quem era e o que queria; quando falei que gostaria de me confessar, respondeu que estava ocupado e me pediu que fosse ao confessionário ao anoitecer, durante a bênção (a bênção é um ato piedoso ao qual devíamos estar presentes todos os dias antes de jantar). Naquela época, eu desconfiava muito da vida, encontrava-me totalmente desamparado e tentava me refugiar na vida piedosa, ainda que isso não me satisfizesse por completo. Mas eu era tão novo — dez anos — que, embora não sentisse a fé, conseguia perseverar nela. Naquele período, a sensação de crer com toda a certeza no pecado mortal era para mim insuportável. As horas que passaram até a noite chegar pareceram eternas para mim. Eu tinha a sensação de que Deus me aniquilaria a qualquer momento. Achava absolutamente lógica e plausível a possibilidade de ser partido ao meio por um raio, de despencar por uma escadaria após ter sido empurrado por uma força invisível, ou de que o colégio inteiro colapsasse e me engolisse.

Quando enfim entramos na igreja, dei graças a Deus por continuar vivo, e minha angústia se apaziguou com a visão do confessionário. Corri em sua direção, fiquei de joelhos por um instante, tentando repassar minha consciência, mas sem conseguir me concentrar, aproximei-me da parte frontal, levantei um pouco a cortininha que escondia o sacerdote e enfiei a cabeça. Eu imaginava que, como sempre, ele colocaria os braços em volta dos meus ombros, para me ouvir melhor, e, assim, abraçados e escondidos pela cortininha, sussurraria para mim as coisas de sempre, porém não foi assim que aconteceu. Quando ficamos frente a frente, ele acendeu a luz e... não sei como descrever o meu choque: lá estava o padre José, meu mentor espiritual, sorrindo para mim, em trajes de mulher, com um vestido de veludo vermelho à moda dos anos 1940 e uma peruca loira. A maquiagem acentuava sua palidez natural e deixava suas bochechas coradas; os lábios estavam pintados de vermelho-sangue. Não consegui segurar o grito.

— Não se assuste — ele me disse, meloso.

— É que não esperava encontrá-lo assim, padre — minha cabeça dava voltas.

Com a maior simplicidade, como se não percebesse minha enorme confusão, ele perguntou:

— Gostou?

Não consegui articular uma palavra inteligível que fosse. E ele me explicou, em tom didático:

— A beleza é um dom divino, e cultivá-la nada mais é do que cultivar a Deus. E todo esse artifício me torna ainda mais bonito, não é verdade? O significado de nosso ministério não depende da maneira como nos vestimos. É mentira que o hábito faz o monge. A essência do sacerdócio é algo íntimo, abstrato, que nada tem a ver com acessórios materiais. Além de ser algo que me diverte, fiz isso para que você clareie sua mente e para que tente ser mais flexível na hora de julgar o comportamento dos demais. Certo?

— Sim, padre — minha confusão mental só aumentava.

— É um ato de amor ao próximo, de caridade, o que estou fazendo agora. Eu lhe ofereço beleza, e por acaso a beleza não é importante?

— Sim, padre.

— Ofereço-a a você, e a mim, e isso dá prazer a ambos. Não estou dizendo que sempre vou me vestir assim, embora não haja qualquer lei que me proíba. Mas como os frades de minha congregação costumam vestir batinas pretas, respeitarei o gosto de nosso fundador. É importante que você entenda que há momentos muito diferentes na vida, e às vezes é divertido se vestir de outra forma. Bem, agora sim vamos começar a confissão. Vou colocar a estola.

Então ele começou a dizer as frases rotineiras, e depois de "os meus pecados são..." minha confusão era tal que eu não sabia por onde começar.

— Vamos, diga, quais são seus pecados?

— É que... não sei como dizer. Aconteceu algo horrível comigo, e acho, não tenho certeza, que me deixei levar pela tentação, ainda que no momento só tenha sentido nojo. Contei, com muito nervosismo, o ocorrido durante o piquenique.

— Se há algo que nos diferencia dos animais, querido Luis, é que nós podemos cair nas tentações, podemos pecar, porque temos a capacidade de escolha.

— O que o senhor quer dizer? Não entendi.

— Que o que o padre Ceferino fez é compreensível e humano — ele sorriu, manso.

— Sim, mas estou com medo. Esta noite não consegui dormir, tive muitos pesadelos, todo mundo tentava me pegar. Além do mais, a ideia do inferno, de não encontrar a graça de Deus se algo acontecer comigo... porque isso é um pecado grave, não é?

— Meu filho, os atos humanos não possuem valor absoluto, dependem de tantas coisas! O que aconteceu com você pode ter sido pecado ou não.

— Mas e o sexto mandamento?

— Os mandamentos são destinados àqueles que têm a intenção de pecar. Muita gente precisa pecar para se sentir importante. Assim como nós escolhemos uma vida de consagração a Deus, outros, pelo contrário, tentam fazer da vida um opróbrio contínuo àquele que nos criou. Deus, como bom pai, cuida de ambos, somos todos seus filhos. Assim como nós temos um caminho para adorá-lo, outros têm um caminho para ofendê-lo. Porém, se você evitar a intenção de insultar a Deus com seus atos, não existe pecado, porque seus atos têm outro fim. O padre Ceferino, no piquenique, queria demonstrar que seu corpo o atraía, e isso deveria deixá-lo lisonjeado. E não tem nada a ver com o sexto mandamento.

— Não entendo o que o senhor diz — balbuciei.

— Sim, você ainda é muito novo, e por isso mesmo temos que tentar inculcar em sua mente o verdadeiro significado da vida. Seus pais nos confiaram sua educação, e é isso o que estamos fazendo. Através da educação, vocês descobrem o significado das coisas, e toda descoberta é sempre desconcertante. Entendo que tudo isso lhe pareça difícil, mas é nossa obrigação pôr vocês em contato com os verdadeiros valores da nossa existência.

Meu mentor espiritual não apenas não me acalmou, como eu esperava, mas também conseguiu me lançar em um abismo ainda mais insondável. Eu me sentia completamente sozinho, incapaz de lutar contra os pesadelos que, na esteira de tudo aquilo, atormentavam-me sem cessar. Não podia falar com ninguém sobre o ocorrido, tudo tinha se voltado contra mim. Tanto alunos como professores se sentiam completamente à vontade naquele inferno, nada os afetava, e sua calma era para mim uma ameaça...

— Termina aqui um dos capítulos dedicados ao colégio. O que achou? — Paula pergunta, inabalável.

O frade estava tão furioso que não conseguia falar.

— Não fica contente que um aluno como Luis imortalize o colégio e seus sutis métodos de deformação?

O padre tenta encontrar coragem no ódio que a personagem à sua frente provoca nele. Tenta fingir que não a teme.

— Aonde você quer chegar?

— Eu não tenho nada a ver com isso. Sou a representante do meu irmão, seu querido Luis.

— Cale-se, você me dá nojo!

— Não me insulte, seu filho da puta!

— Você mesma disse que é uma mulher da vida. O que dizer de alguém que faz do pecado um ofício, sua única força motriz?

— E que nome o senhor dá à depravação que ocorre no colégio sob sua direção? Eu me entrego a homens que me desejam, que me procuram por livre e espontânea vontade, mas que armas o Luis teria, aos dez anos, para lutar contra vocês? Vocês não apenas violaram o corpo dele, mas também deformaram seu espírito, semeando o caos e o medo. E tudo em nome de Deus.

— Cale a boca! Não acredito que o Luis tenha escrito uma só palavra desse lixo!

— O ministro de Deus perdeu a calma — Paula o interrompe, debochada e irada. — Como é possível isso, se meus insultos são tão banais e o senhor está tão lá em cima e eu tão lá embaixo? — faz uma pequena pausa para então continuar com mais raiva. — Luis morreu amaldiçoando vocês todos, e eu vim aqui vingá-lo! Ele não teve tempo de fazer isso por si mesmo.

O frade olha para ela horrorizado.

— Você não vai me convencer, como a meus pais, do afeto tão puro que sentia por ele — repete, imitando o sacerdote. — "Amo-o como se fosse meu filho" — ela ri, nervosa. — Canalha! E meus pais muito satisfeitos porque o diretor do colégio demonstrava tanto carinho pela educação do filho deles...! Coitado do Luis, eu era tão pequena que ele também não podia confiar em mim. Imagine como se sentia quando saiu daqui! Devia achar que estava maluco, e os fantasmas que o atormentavam estão materializados neste livro, capturados no último instante, quando ele já tinha se livrado deles. E eu os trago ao senhor e aos seus colegas para que voltem para o lugar de onde saíram, para que admirem a obra do Luis.

— Você está louca! — o frade se lamenta, encurralado. — Veio aqui só para me insultar! Não acredito que o Luis tenha escrito isso, nem que você seja irmã dele, nem que ele tenha morrido — quase chora ao dizer isso.

Paula muda de tom de repente, como se não tivesse acontecido nada, e fica muito mais calma; de uma maneira ou de outra, continua dominando a situação.

— Vou ler mais uma coisa. O tempo neste colégio foi uma das épocas que mais influenciaram o Luis, e neste conto o senhor aparece.

O frade quer protestar, mas se sente encurralado. Já não pode mais expulsar Paula nem evitar que ela comece a ler o segundo conto, porque, além de não ter qualquer arma contra ela, deseja saber o que se tornou para Luis, o aluno a quem, apesar de tudo o que tenha dito em seu relato, amou verdadeiramente.

Paula volta a ler.

[...] Os preparativos da festa em honra ao padre diretor começavam quase dois meses antes. Era um tour de force no qual todos, alunos e professores, dávamos o melhor de nós. Eu precisava deixar os estudos um pouco de lado porque estava envolvido em muitos dos eventos preparados para a festa. Havia todo tipo de concursos, e a missa, pedra de toque de qualquer festa religiosa, era a mais brilhante e longa de todo o ano. Eu era o solista do coral. Também havia teatro, recitais de poesia, campeonatos esportivos etc. Um dos maiores motivos de alegria para os alunos era a refeição especial que serviam aquele dia, a qual, junto à final dos esportes, era o acontecimento mais genuinamente alegre e de longe o momento mais animado da festa. Eu não tinha a sorte de aproveitá-los totalmente, porque tinha de comer depressa para que logo a seguir me levassem para o refeitório dos frades, um recinto independente do nosso. Entre os alunos, o fato de adentrar aquele refeitório significava um privilégio, e ainda mais em uma ocasião como aquela, em que eu seria uma das estrelas da noite.

Quando entrei, não acreditei no que vi. O refeitório era encimado por uma pintura a óleo que representava o Cristo com uma coroa de espinhos. Embora fosse um tema de todo religioso, a abordagem me surpreendeu. Cristo se oferecia a meio corpo, visto de três quartos, a cabeça ligeiramente elevada e os ombros saltados para a frente. Tinha a boca muito aberta, como nas famosas fotos de Marilyn Monroe feitas por Warhol, com uma expressão que era uma mistura de prazer e dor. A coroa de espinhos estava presa em sua carne um pouco abaixo dos ombros, apertando os braços com o tronco. Seus ombros se projetavam acima do decote de espinhos. Os espinhos faziam com que pequenos filetes de sangue, parecidos com franjas, brotassem da carne.

A mesa era comprida e os frades estavam distribuídos como os discípulos da Santa Ceia. Outra particularidade em sua aparência me deixou ainda mais atônito: eles tinham se travestido com deslumbrantes vestidos de festa. Um estava à moda dos anos 1920, em estilo *flapper*, outro de preto, à la Juliette Greco, existencialista, outro com um vestido de cauda com frufrus, outro de Cleópatra, outro de primeira-vedete com penas e um biquíni de brilhantes etc. O refeitório tinha o aspecto de uma verdadeira festa, de um grande baile à fantasia. Eu me sentia intimidado por toda aquela alegria, pois não apenas a aparência dos frades mudara, mas eles também se comportavam de modo irreconhecível. Eu nunca teria imaginado que as mesmas pessoas que nos tratavam com severidade tão sádica pudessem, em outras circunstâncias, se mostrar joviais e animadas. Fiquei mudo, abismado diante daquela demonstração tão incomum de luxo e frivolidade.

A verdade é que eles estavam muito mais bonitos e espirituosos que dentro de suas batinas pretas, mas essas mudanças radicais em seu comportamento embaralhavam minha mente, já frágil e vulnerável. Tratavam-me com a alegria que lembro de ver nas amigas de minha irmã mais velha quando iam a alguma festa e se davam os últimos retoques lá em casa, diante de meus olhos fascinados. Um deles chegou a me dar um beijo, carimbando os lábios vermelhos em minha bochecha. Eu só percebi muito tempo depois, cheio de vergonha.

Antes de minha performance recebi torrones, balas e outras guloseimas. Sentia-me completamente estarrecido, sem saber como reagir e reprovando internamente minha própria falta de naturalidade, mas eles não só percebiam minha falta de jeito como achavam graça disso, o que tornava tudo ainda mais difícil para mim.

Chegou então o momento mais importante. Fez-se silêncio total e um dos frades se levantou; como todos, seus olhos brilhavam de alegria e de álcool. Disse o que se diz em qualquer tipo de homenagem:

— Quero ser breve, porque temos coisas muito mais interessantes para ver e ouvir. Em nome de todos — olhando para o padre diretor — e em meu próprio nome, quero prestar homenagem à pessoa que, com a ajuda de Deus, governa tão corretamente este colégio. Espero que essa pequeníssima celebração sirva para realçar nossa lealdade e nossa devoção. Para tanto, o adorável Luis irá nos deleitar com um repertório de canções, escolhidas entre as que sabemos serem as favoritas do nosso querido diretor.

Posto no meio do salão, comecei meu ato, movido pela atmosfera calorosa do ambiente. Antes de cantar, apresentei a primeira música:

— Como sabemos que o padre diretor gosta muito da canção popular italiana "Torna a Sorrento", vou cantar uma versão com uma letra escrita pelo padre Venancio, dedicada especialmente ao nosso diretor.

O padre diretor olhou para mim de seu lugar no centro da mesa, comovido.

E "Torna a Sorrento" tinha se transformado em "Jardineiro". Ficou assim:

Jardineiro, jardineiro
noite e dia entre tuas flores,
iluminando suas cores
na chama do teu amor.
Pões em cada cálice
a carícia do teu desejo,
os olhos virados para o céu,
onde tens tua esperança.
E tuas flores, jardineiro,
de corolas flamejantes,
ao se unirem com gratidão,
embalsamam-te com seu odor.
Continua teu labor
cultivando as flores
que a teus amores
confiou o Senhor.

No dia seguinte, ele me chamou à sua sala para me parabenizar e me dizer que iria se ausentar por alguns dias. Pediu permissão para me dar um beijo de despedida, e como resposta encolhi os ombros. Então ele se aproximou e me abraçou com força; eu tremia, aquela cena me dava asco, embora a morbidez de sua figura por trás da batina também me perturbasse. Começou a me beijar na bochecha, mas imediatamente, e sob enorme tensão, passou à minha boca, da qual parecia que não desgrudaria nunca. Eu me sentia como um boneco de pano em suas mãos...

Paula para de ler, um silêncio profundo toma conta da sala. O padre diretor não sabe o que dizer, talvez por ter revivido a cena passo a passo através das palavras de Luis, ou porque, naquele momento, quisesse protestar contra as acusações e não soubesse como. O segundo conto o deixou definitivamente arrasado. Em cima da mesa, além de papéis e materiais de escrita, há um abridor de cartas. Sem conseguir se conter, o padre se lança sobre Paula e crava o objeto em seu peito; a jovem cai estatelada no chão, e seu lindo vestido começa a se encher de sangue na parte superior. A fúria do frade se apazigua com a visão do sangue, alguns dos papéis que Paula tinha nas mãos caem perto dela. A memória de Luis jaz a seu lado, através das páginas que acaba de ler.

— Meu Deus, o que foi que eu fiz? — o frade exclama, em pânico.

— Odeio você — Paula balbucia, com voz masculina.

O padre diretor não sabe o que fazer, tenta despi-la para curar a ferida, se é que ainda é possível. Não ousa chamar ninguém, mas tampouco pode deixar a garota sangrar até a morte sem ajuda. Por fim toma uma decisão e liga para o frade da portaria. Enquanto espera, desabotoa a parte superior do vestido e vê que o abridor de cartas afundou exatamente entre os seios; Paula, depois de um último "odeio você", fica completamente imóvel. O sacerdote puxa o sutiã para aproximar o ouvido do coração da moça, e percebe então o enchimento empapado de sangue. O peito de Paula é o de um homem jovem. O padre diretor entende, por fim, o significado daquela visita.

— Ah, Luis!

E começa a chorar, aos gritos sobre o cadáver.

— Luis, Luis! Eu o matei...

Tenta tirar a maquiagem do rapaz com o enchimento do sutiã, mas a única coisa que consegue é sujar seu rosto de sangue. Tira a peruca e os brincos, a aparência da antiga Paula é grotesca, mas o frade vê através do sangue e da maquiagem. Como uma estranha *pietá*, está abraçado a Luis, sem conseguir segurar seu corpo por inteiro como gostaria, e beija-o sem cessar, repetindo seu nome como um louco.

E é assim que o frade porteiro, atônito, o encontra quando irrompe na sala.

Mudanças de gênero em demasia

O SEGUNDO BONDE

Depois de operar um cálculo renal, fiquei internado no hospital apenas por uma noite, com um catéter que prolongava meu pênis até um urinol que recolhia a urina cor de *tinto de verano*. León insistiu em ir comigo. Eu disse que não precisava (agradeci, é claro), porque era um certo incômodo tê-lo como acompanhante. A equipe do hospital o conhecia, mais pelo cinema que pelo teatro, e sua presença era muito chamativa. Mas León não quis deixar passar a oportunidade de me demonstrar sua generosidade um tanto exagerada, como tudo aquilo que fazia com prazer excessivo, exceto atuar. Só quando atuava é que não exagerava.

"É uma situação com a qual é preciso saber conviver", disse, referindo-se a passar uma noite no hospital. Imagino que se referisse mais à sua experiência como ator que como ser humano. León era ator desde sempre, aquilo que de pior e de melhor fizera na vida estava relacionado à interpretação: os personagens a que almejava dar vida, as obras que desejava para si, embora fosse preciso dar tantas voltas no original que chegava a mudar sua essência. As misturas impossíveis de temas, um espírito selvagemente pós-moderno, desrespeitoso e violento a fim de esgarçar seus próprios limites como ator e se apropriar de personagens e autores que às vezes representavam um desafio antinatural. Como norma, seu espírito transgressor era uma combinação de vaidade, inconformismo e falta de respeito com os outros. Um combo que o tornava um personagem fascinante e assustador para um diretor como eu, que além do mais era seu amante.

Um amante servil, apaixonado e que viveu os primeiros anos de nossas carreiras como que enfeitiçado, porque quando León acertava (o que muitas vezes conseguia), a experiência era indescritível. E continuou sendo fascinante e acachapante vê-lo, vinte e cinco anos e vinte e cinco quilos depois, em nosso retorno a *Um bonde chamado desejo*. Foi impossível argumentar com León que, por mais que lhe interessasse a personagem de Blanche DuBois, ele não tinha o físico nem o gênero para representá-la no palco.

— De que gênero você está falando? — León reclamava. — Desde quando o gênero importou pra gente? Ele vai se chamar Blanco del Bosque, vou emagrecer um pouco e vou trepar com o tosco do Kowalski. Se o Tennessee visse isso adoraria saber que enfim um cara comeu o Kowalski, é muito mais humilhante para o personagem do que ter trepado com a frágil Blanche. Sempre achei que o Kowalski acabaria dormindo com um cara em alguma das suas bebedeiras.

Nessa versão, Blanco seria o irmão amado de Estela, por quem ela sente compaixão e uma certa queda. Ele chega inesperadamente, arruinado, depois de uma longa estadia na prisão. Blanco era um professor brilhante de matemática em uma escola até cair em desgraça por um crime com péssima reputação inclusive entre criminosos. Estela sabe do obscuro acontecimento pelo qual foi condenado a uma temporada na cadeia, mas nem por isso deixa de amar o irmão, que além de tudo está à beira da indigência. No entanto, por mais que eles tentem disfarçar e esconder, Kowalski acaba descobrindo sobre o episódio de Blanco, que abusou de um menino e por isso acabou atrás das grades.

Contra todos os prognósticos e depois de tentar convencê-lo de que poderíamos trabalhar sempre no limite, contanto que não caíssemos no grotesco, arregacei as mangas e adaptei o drama de T. Williams para que um León de noventa quilos e quarenta e cinco anos interpretasse Blanche DuBois, sem cair no travestismo. Um desafio para os dois.

A presença de Blanco acabou sendo extremamente perturbadora, quase mais que a de Blanche. León de fato perdeu peso, porque o personagem tinha saído doente da cadeia, e com sua magreza recuperou parte de sua atração. A experiência da cadeia endurecia os modos de Blanco, irradiava fisicamente uma sedução tão animal quanto a de Kowalski, porém mais turva; sua ambição era expulsar de casa aquele macho suado e sua turma de amiguinhos, para ficar sozinho com a irmã Estela, cuidando de seu bebê.

E León conseguiu de novo, sob minha direção e com um texto que nunca achei que fosse possível escrever. León provocou, brilhou, surpreendeu e fascinou como fizera no início de sua carreira, em nosso primeiro espetáculo juntos, *Eduardo II*, de Marlowe: aos vinte anos, um León desconhecido que irradiava tanto ternura quanto malícia se revelara arrasador no papel do filho do açougueiro, conquistando não só o rei, mas todos os espectadores do teatro María Guerrero e a mim, que compartilhei com ele a felicidade do sucesso e o prazer que nos devorava todas as noites depois da apresentação. E na sequência de *Eduardo II* veio o primeiro *Bonde*, com ele no papel de Kowalski.

Para quem o conhecia desde o começo, o *Segundo Bonde* foi um espetáculo metateatral, no qual assistíamos a um diálogo entre o León de vinte e cinco anos antes e o posterior e delirante León--Blanco-Blanche, tão vigoroso e arrogante quanto o polonês, porém mais inteligente, com aquela mistura de feminilidade fatal e masculinidade que desarmava todos a seu redor. Não sei se o espetáculo era muito Tennessee Williams, receio que não. Desaparecera o lirismo conferido por uma Blanche mulher, murcha e louca, mas o drama familiar fora eliminado para se conseguir um espetáculo mais duro, mais sinistro, mais contemporâneo, com notas de Jean Genet. Genet era um molho com o qual às vezes cobríamos as coisas que fazíamos.

León estava exultante. Os últimos sucessos são os que desfrutamos mais com maior intensidade. Nos primeiros não temos tempo e consciência de como será difícil consegui-los novamente.

Depois de Blanco del Bosque, fiquei exausto. O espetáculo funcionou; contudo, como diretor e escritor, eu tinha forçado demais as engrenagens, não achava que poderia continuar naquele ritmo que León exigia de mim. Suas extravagâncias, após vinte e cinco anos de excessos, soavam patéticas e grotescas, e eu já não sabia o que fazer para evitá-lo. Tinha perdido esse talento, esse poder. Também perdera o estímulo para continuar distorcendo os textos e adequá-los àquele ator que eu amava e admirava. Suponho que ao perder a paixão por León perdi também a capacidade de escrever para ele e de dirigi-lo.

Alguns meses depois do *Segundo Bonde*, vislumbrei que aquilo estava acabando, mas não sabia quando teria forças para ir embora. Antes de derrubar uma ditadura, ou antes que o ditador morra por causas naturais, o povo subjugado fica anos à espera, com o champanhe na geladeira para quando o ditador se for. Leva anos para internalizar a mudança e se preparar em silêncio para quando ela chegar. Eu me sentia assim, precisava deixar León.

VOCÊ ESTÁ REALMENTE PERGUNTANDO COMO EU ME SINTO?

Alguns anos depois do primeiro *Bonde*, vimos na tevê um curta-metragem de trinta minutos dirigido por Rossellini, chamado *L'amore*. Era uma adaptação cinematográfica de *A voz humana*, de Jean Cocteau, interpretada por Anna Magnani. Eu tinha ficado maluco ao assisti-la quando adolescente. León só havia lido a peça, porém vê-la encarnada por Magnani o fez lembrar que sempre tivera uma queda pela obra.
Achei surpreendente o fato de ter ficado muito menos entusiasmado ao assistir ao filme pela segunda vez. Magnani ainda transbordava talento e fragilidade (uma atriz que se caracterizava pelo contrário), era impossível não se comover com ela; a obra, contudo, filmada com excessiva economia de meios, não sobrevivera ao teste do tempo. O texto de Cocteau parecia antiquado. Às vezes isso também acontece com os grandes escritores. Sessenta anos depois de escrita a peça, não havia mais mulheres tão submissas como aquela interpretada por Magnani. Nenhuma mulher se identificaria com ela. Comentei sobre isso com León, mas ele não prestou atenção, estava emocionado com uma ideia:
— O que a gente poderia fazer com essa peça?
— Nada, não dá para fazer nada — respondi.
— Desde que a li senti uma conexão especial, e agora que a vi a conexão é ainda maior. E, quando me sinto assim, sei que preciso fazer algo a respeito — León acrescentou. — Reconheço muito bem essa sensação. Vivo para isso.

— A conversa telefônica poderia ser entre dois homens, afinal nós também sofremos quando somos deixados — completei. — Seria preciso adaptar o texto, mas você poderia interpretar o monólogo, se é isso que está pensando. O problema é que teríamos de acrescentar pelo menos mais dois monólogos para dar um espetáculo de uma hora e meia — observei, para dizer algo coerente. — Ou quer fazer um curta?
— Um curta? Não, um longa. Você não consegue pensar em nada?
— Para chegar a noventa minutos teríamos que inventar uma hora a mais de texto. E, como seria um acréscimo, acho um pouco exagerado.
— É uma questão de começar a escrever, mas precisamos de uma ideia... para além de Cocteau.
— Precisamos de muito mais que uma ideia — insisti. — Não se trata apenas de preencher, e sim de criar. Se o monólogo for para o final do filme, precisaríamos inventar a primeira hora, antes da ligação. Poderíamos nos situar, por exemplo, quarenta e oito horas antes de a ligação ser feita. Mostrar o universo do protagonista durante essas horas exasperantes. O que ele fez nesses dois dias antes da ligação.
— Dois dias inteiros de espera, com as malas feitas. São muitas horas, ele devia estar com os nervos à flor da pele — León comentou.

Esse tipo de diálogo prévio representa, em geral, o espírito e a dinâmica de nosso trabalho, cuja escrita depois eu levo a cabo sozinho.

Improvisamos, ou melhor, eu improvisei:
— Nesses dois dias o protagonista não consegue ficar em casa. Vai para a rua, procura o ex-amante, não o encontra, mas começa a descobrir coisas de que não sabia. Que houve uma primeira mulher na vida dele, com quem ele foi casado e teve um filho.

— Sim, não quero que seja uma história sobre duas bichas. O amante é bissexual. Eu seria a única relação mais longa que ele teve com um cara, um parêntese em sua vida sexual.

— Como você é antiquado, León! A essa altura do campeonato você ainda se preocupa com o fato de ser uma história sobre duas bichas?

— Dois homens podem se amar sem ser bichas. Eu me interesso pelas paixões das pessoas, não estou nem aí para sexualidade ou gênero.

— Entendo.

— Se ele vai sair para a rua e encontrar novos personagens, prefiro que sejam mulheres. O amante é bissexual. Você tem que dramatizar o fato de ele ser bissexual, ninguém fez isso até agora. A bissexualidade é a condição mais ignorada da revolução sexual. O ex-amante ser bissexual significa uma dupla frustração para o meu personagem. Ele tem o pior do amante masculino e da amante feminina, e só gera insegurança no parceiro, pois sabe que nunca será capaz de realizar todas as suas fantasias...

Não levei em consideração sua análise pessoal da bissexualidade, mas tampouco disse isso a ele. As engrenagens já tinham começado a funcionar.

— Se queremos que mais personagens cheguem, só precisamos abrir a porta da casa do protagonista — falei.

— Como?

— Pondo a casa para alugar. Ele não aguenta mais morar naquele pequeno ninho de amor. Tudo o faz lembrar de seu homem ausente, é por um milagre que ainda não ateou fogo ali. Assim ele pode encontrar personagens variados. Inclusive o filho do amante, que vem com a namorada para alugar a casa, ou até mesmo a antiga mulher do amante. Também vem uma colega de trabalho que está fugindo da polícia porque... teve um relacionamento com um terrorista... Isso é engraçado.

— Uma comédia coral? Não sei se gosto que os outros personagens sejam engraçados.
— Seu personagem acaba se envolvendo com os problemas dos outros e encontra nisso uma salvação.
— Nunca fiz um personagem bondoso. Não acho que combina comigo.
— Não seria bondoso, e sim histérico. Pensa num Cary Grant ou num Jack Lemmon. Ajuda os outros por pura histeria, não por ser atencioso.
— Você está se esquecendo da conversa telefônica.
— É verdade. Não é mais necessária — eu disse, surpreso com a descoberta.
— Mas e Cocteau?
— Não precisamos mais dele, além do que teríamos que pagar direitos autorais. Fica só o essencial, uma mulher...
— Um homem, porra...!
— Um homem, que não é gay, mas que sente uma paixão louca por outro, que tampouco é gay. Essa circunstância não os impede de viver uma vida conjugal durante anos. Como Cary Grant e Randolph Scott, que dividiam um apartamento de solteiro, acordavam e dormiam juntos, mas Hollywood decretou que não eram gays.
— Fale de uma vez, não precisa ficar pisando em ovos.
— Fica o essencial de Cocteau: um homem esperando que o amante venha buscar as malas. E um cachorro, com o qual ele compartilha o luto pelo abandono do antigo dono. Com isso e com as visitas que ele recebe por conta do aluguel já tenho material suficiente para escrever uma comédia de intriga.
— Não se esqueça da dor e da solidão, que são a minha praia.
— Não, não. Vai ser uma comédia dramática. Vou trabalhar nisso.

E trabalhei. Em três meses já tinha um primeiro rascunho de *Você está realmente me perguntando se estou bem?!* Tivemos problemas para levantar recursos para a produção. Eu era um estreante, León também. Embora fôssemos muito conhecidos no teatro, ninguém tinha certeza se funcionaríamos no cinema. E o fato de querermos fazer uma comédia leve gerava suspeitas. Éramos conhecidos pelo oposto.

A filmagem de *Você está realmente...?!* correu bem, exceto pelo ciúme terrível de León para com o resto do elenco. Duas jovens atrizes que revelaram uma veia cômica explosiva o tiraram do sério, porque estariam roubando o filme dele. Puro ciúme. León dizia que nunca mais faria uma comédia coral. Ele não era engraçado, e tampouco precisava disso, pois todos os enredos confluíam nele, e a graça era que ele lidasse com tudo aquilo de forma natural e casual, nisso residia a comicidade de seu personagem, nas situações delirantes que o ocupavam e deixavam sem tempo para pensar no próprio abandono. Eu estava feliz, embora à noite tivesse de aguentar suas reclamações sem sentido.

Uma vez terminada a montagem, restava apenas a questão da trilha sonora, mas não tínhamos dinheiro para contratar um músico que criasse algo original nem para pagar pelos direitos das músicas de que gostávamos. León achava que esse era um problema menor, e precisei ser muito enfático com ele: no cinema, os direitos autorais das músicas são sagrados. Se você não pagar, podem tirar o filme de cartaz. De verdade. León não entendia, mas sabia que eu estava falando sério.

Havia uma possibilidade a se considerar: os países comunistas e do Leste Europeu não pagavam direitos musicais nem autorais quando um filme estreava em seus territórios. E se utilizássemos músicas desses países, não tínhamos a obrigação de pagar direitos autorais nem editoriais. De modo que comecei a procurar temas musicais para o filme em discos gravados em países socialistas. E encontrei verdadeiras joias: um tango de Stravinsky, Shostakovich, o *feeling* cubano, Bola de Nieve, Béla Bartók, interpretados por fabulosas orquestras nacionais. Meus gostos são muito ecléticos, e a mistura de todos esses artistas deu à narrativa uma estrutura ao mesmo tempo sólida e leve.

O filme estreou e, verdade seja dita, obteve um sucesso estrondoso. Ninguém teria dito que o protagonista havia se portado tão mal com as colegas de cena durante toda a gravação. O frescor, o ritmo e um roteiro muito inspirado conquistaram o mundo. Apesar do sucesso, León decidiu que não faria mais comédias corais.

— Quem dera fosse sempre assim, quem dera todos os filmes que fizermos sejam vistos por três milhões de espectadores na Espanha e distribuídos em vinte países. Qual é o problema? — eu dizia a ele.

O problema era que León não era o ator que mais se destacava. Ele estava bem, correto, mas essa correção era um insulto para ele. E ao querer cercá-lo de atrizes para fugir do queer, o resultado foi que as atrizes o engoliram.

León jurou nunca mais fazer cinema.

O BONDE E A NOITE

Anos depois fomos à cinemateca assistir *Noite de estreia*, um filme de John Cassavetes inédito na Espanha.

Fiquei surpreso com a decisão de León de vir comigo, pois ele não gostava de Cassavetes. Já eu possuía verdadeira paixão, era o cineasta independente americano que mais tinha me influenciado, embora León não conseguisse enxergar em que sentido se dava essa influência. *Uma mulher sob influência*, *Faces*,

Sombras, todos o tinham deixado tremendamente entediado. Ele preferia Hollywood e seus artifícios.

Noite de estreia é protagonizado por Gena Rowlands, muito bem acompanhada por Ben Gazzara, um sujeito durão cujos olhos pareciam estar sempre sorrindo de forma maliciosa. Com o tempo, o diretor que Gazzara interpretava no filme se transformaria no personagem de diretor (de cinema ou de teatro) com o qual eu mais me identificava. O filme conta a história de uma companhia teatral que está fazendo *previews* em diversos estados antes de sua estreia em Nova York, enquanto tem de lidar com uma protagonista que, além de alcoólatra, está ficando louca. O filme foi uma revelação para León e para mim, e esse entusiasmo e o fato de vibrarmos juntos voltou a nos unir.

Saímos do cinema gritando elogios exagerados e gesticulando muito, como se estivéssemos em um filme de Woody Allen. É indescritível quando um filme te pega desse jeito e a pessoa que está junto com você mostra-se ainda mais entusiasmada.

Antes de chegar em casa, León resumiu bem a marca que o filme deixara em ambos:

— Está na hora de fazermos nosso segundo filme.

— Você não disse que não ia mais fazer cinema?

— Quando falei isso ainda não tinha assistido a *Noite de estreia* — León respondeu.

Olhei para ele com espanto, reconhecia muito bem o tom que usara para me responder, sua determinação imbatível.

León passou os dias seguintes fazendo anotações. Fomos a todas as exibições que a cinemateca tinha programado para conhecermos bem o filme. (Depois conseguimos um DVD, mas, quando se inspira em uma obra e decide se dedicar a ela, León não pensa muito: digere-a, torna-a sua e esquece da origem, contagiando-me com seu entusiasmo para que eu dê forma e palavras a tudo isso.)

Este era seu plano: faríamos um filme sobre uma companhia de teatro em turnê pelas províncias com *Um bonde chamado desejo*, nossa segunda versão, com Blanco del Bosque como protagonista.

— De novo o Bonde? — falei. — Já fizemos duas vezes no teatro.

— Tanto faz o que a companhia esteja apresentando — León disse —, o importante é o inferno que o ator que interpreta Blanco, eu, vive com o resto dos colegas e com a função em si.

— Você quer fazer a Myrtle? Da Gena Rowlands?

— Eu sei o que é beber, o que é se dar mal com um diretor ou com um autor, e aqui você pode botar tudo o que odeia em mim e que nunca se atreveu a colocar por escrito; vou trepar com o ator que fizer o Kowalski (que tem que ser interpretado por um ator jovem, musculoso e arrivista, que não seja gay), e a loucura de Myrtle não me é estranha. Sou uma estrela, como ela, conheço o aborrecimento dos fãs e dos autógrafos na saída de um teatro em uma noite chuvosa em que você está de saco cheio. Tenho tudo isso e tenho você para escrever e para me dirigir. É um personagem no outono da vida, Myrtle tem problemas com a idade. Daniel, não sou mais um garoto. Tenho que escolher papéis que correspondam à minha idade...

— Não deveríamos pedir os direitos? — ponderei. — Gena Rowlands está viva...

— A gente propõe o filme como uma homenagem a ela. Colocamos nos créditos finais.

— Essa é a desculpa de todos os plagiadores e imitadores. A homenagem.

— Você se encarregará de que o nosso filme seja diferente. Sempre é. Eu não sou Gena Rowlands, mas sei o que é fazer uma turnê e ter problemas com a companhia, e você também sabe... O mundo de *Noite de estreia* é o nosso mundo.

— Mas eles podiam viajar apresentando outra peça...

— Não. Nossa última versão do *Segundo Bonde* é perfeita. O personagem de Blanco del Bosque se mistura muito bem com o de Myrtle (vamos ter que chamá-lo de Mirto), são complementares. O importante é a crise de um ator que começa a ficar mais velho, força uma versão quase impossível do Bonde (lembre-se dos problemas que você teve para adaptar o texto à minha medida, e além do mais já comprovamos que funciona bem, tudo de que você se queixou é perfeito para o diretor desse Bonde) e confronta continuamente o autor e o diretor da peça, e para isso você pode tomar a si mesmo como referência. Agora vejo que nossa *Noite de estreia* não tem nada de forçado, pelo contrário, é muito real. Flui com naturalidade. Os personagens vivem em uma tensão contínua e contida, mas essa panela de pressão explode quando o carro em que Myrtle está, ao sair do teatro, atropela e mata uma jovem fã, e esse é o golpe de misericórdia para Myrtle/Mirto. Estou te dando tudo pronto, porra. Vou ter que assinar o roteiro também.

Foi isso que fez. E acrescentou:

— Sei que você vai construir um grande personagem para o diretor, tem material autobiográfico de sobra. Mas vou vigiar para que Myrtle brilhe, sua descida aos infernos tem que arrastar o espectador com ela, como aconteceu conosco em relação a Gena Rowlands.

Eu estava quase convencido. Não quis dizer isso a ele, mas era verdade que as duas subversões, a do *Bonde...* e a de *Noite de estreia*, encaixavam-se como peças de relojoaria. Meu trabalho era adaptar Myrtle para León, o Bonde era todo dele. E é verdade que nossas próprias vidas, a dele como ator e a minha como diretor/autor, proporcionavam material riquíssimo no qual eu poderia me basear para dar substância e verossimilhança ao diretor interpretado por Ben Gazzara e à sua estrela louca e bêbada interpretada de forma brilhante por Gena Rowlands.

— Você teria de estar à altura de Gena Rowlands e eu de Cassavetes e Joan Blondell, a atriz que interpreta a autora — falei, só para dizer algo. Era óbvio que ele já tinha me convencido.

— Ninguém os conhece na Espanha, ninguém vai ficar comparando, o nosso produto vai ser original. Muitos críticos o verão como uma confissão.

— Vale lembrar que eu só dirigi um filme.

— Que teve um enorme sucesso, e eu ainda não entendo por quê. Dessa vez faremos um drama com muitas arestas, é o que sempre fazemos no teatro, é nossa especialidade.

Esse é um bom exemplo de como León se apropriava do que não era seu. Ele não apenas deglutia a obra de Cassavetes, como sugeria que eu caracterizasse seu personagem com meus argumentos e dúvidas na hora da mudança de gênero de Blanche para Blanco, e com isso se tornava vítima das torturas que ele próprio me infligiu enquanto eu tentava subverter a obra de Tennessee Williams. Era um malabarista da apropriação indevida, e às vezes essa sua capacidade me fascinava, e, nessas ocasiões, apesar de todas as minhas reticências e tentativas de ser sensato, eu acabava incendiado por suas ideias tão heterogêneas e pouco respeitosas. Sozinho, eu nunca teria ousado me lançar em projetos como esse, meu respeito com os originais nesses casos se tornava preconceito.

Escrevi *O bonde e a noite*. Filmamos. Foi um sucesso internacional. León ganhou muitos prêmios. O filme foi indicado ao Oscar e ao Globo de Ouro. Eu precisava reconhecer a química que eu e León tínhamos, embora nossa relação sobrevivesse *in extremis*, ou apenas quando ele conseguia me arrastar para um lugar em que a vergonha que o absurdo e o roubo que ele propunha deveriam causar em mim se transformava em fogo inspirador. Fogo que me queimava em todos os sentidos, embora ele sempre saísse ileso.

León tinha começado a perder a memória, e nas filmagens havia colas por todos os cantos. Desde que descobriu que Marlon Brando tinha esse costume, enchia o set de colas, tendo decidido que era o momento de dar um descanso para a memória. No começo, fiquei surpreso por sua insistência na questão da idade; ainda não tinha feito cinquenta anos.

Com *O bonde e a noite*, León voltou a acender em mim a chama da inspiração. Mas havia muito tempo vivíamos um processo bastante destrutivo. Não era a deterioração de um casal, mas sua demolição a passos largos, um desastre súbito. E eu não tinha mais reservas para seguir lutando. Não tinha vontade de fazer isso. Sabia que nosso ciclo tinha chegado ao fim, em todos os sentidos. As aparências me contradiziam. Nosso trabalho juntos continuava funcionando, mas eu perdera a fé em nós dois. León, no entanto, não havia perdido nem um pingo da confiança em nós. Tinha apenas tomado consciência de que fisicamente parecia mais velho do que realmente era. E, em seu trabalho, a aparência e a memória são determinantes. Para um desmemoriado, o cinema era mais factível que o teatro, e por isso ele quis que *O bonde e a noite* fosse um filme.

E aqui estamos, no hospital, um ano depois da mistura impossível do *Segundo Bonde* com o roubo da obra-prima de Cassavetes. Poucas horas antes eu havia operado um cálculo renal. Dormi a tarde toda, à noite estava mais acordado, às vezes me queixava do cateter. León achava que devia ser uma experiência *interessante* ("interessante?", eu perguntava a mim mesmo) ter o cateter onde estava, no pênis, um apêndice que tanto prazer havia proporcionado a mim e a outros. (A outros?, eu voltava a perguntar a mim mesmo, em silêncio; esse membro, como tudo o que eu possuía, estivera dedicado exclusivamente a ele, León.)

Minutos depois o ouvi roncar. Queria ter dormido, mas não consegui pegar no sono com aqueles roncos. O voo de uma mosca me acordou, tenho um sono muito leve. Viajo com tampões de ouvido porque há mil ruídos misteriosos (especialmente nos hotéis) que ficam à espreita no escuro e só dão as caras quando você decide dormir. Um hospital é uma espécie de hotel com clientes doentes e muitos barulhos. A caixinha dos tampões de cera estava guardada no fundo da minha mochila, dentro do armário do quarto. Eu não conseguia me mexer. E não tive coragem de acordar León para pedir que os pegasse para mim.

Isso poderia resumir minha relação amorosa e profissional com ele. Roubava as minhas palavras e se apropriava delas. Seu processo criativo consistia em excitar minha imaginação com qualquer alusão banal ou extraordinária, e, uma vez que minha imaginação desenvolvesse a ideia, por mais caprichosa que fosse, ele estava à espera para colher o fruto, torná-la dele e me encarregar de fazê-la acontecer. Obviamente, na esfera pessoal, não existiu fidelidade — ou talvez tenha existido, por apenas alguns meses.

Minhas ideias, minha vida, por mais que León as compartilhasse (mas nem todas), não pertenciam a ele. Quando afirmo que ele me sugou, não me refiro ao teatro e ao cinema que fizemos juntos, ou não somente a isso. Não estou reclamando, no começo naturalmente sofri, mas acabei por me acostumar. Submeti-me, e não o culpo por isso, só a mim mesmo, a aguentar seus transtornos alimentares, químicos e sexuais. Existi somente como meio para levar a cabo suas fantasias artísticas. Não digo que isso seja pouco. Durante anos ele me manteve em plena excitação, explorando e avançando por terrenos desconhecidos. Minha relação com o León infiel, inclusive cruel, não foi só um sacrifício. Eu também me enriqueci no processo, em todos os sentidos, e foi minha melhor escola. Mas isso foi há muito tempo.

A cerimônia do espelho

A carruagem preta em que viaja o conde atravessa a noite, escurecendo-a ao passar. É um caminho intransitável para seres humanos e animais; o coche avança pela vereda indicada por uma polia que conecta o cume do monte Atos com a vida de algum vilarejo que abastece suas necessidades mais básicas. No topo do monte Atos, local reservado, protegido, isolado, há um mosteiro de monges em clausura. A carruagem se detém diante da porta de entrada do mosteiro. Há uma relação telepática entre o conde e os animais que puxam a carroça. É uma noite escura. Preto sobre preto. O brilho de seus olhos e o dos olhos de seus cavalos o ajudam a encontrar a porta do mosteiro. A escuridão nunca foi um problema para o conde.

Antes de bater, despede-se da carruagem e dos cavalos. Dá um abraço no coche e um beijo nos lábios grossos dos cavalos. Os animais soltam um relincho que atravessa as paredes do mosteiro como um raio.

O conde dá as costas à emoção, não quer ver desaparecer ao longe aqueles que até agora eram seus companheiros inseparáveis.

Bate com a mão à porta do mosteiro. Espera por alguns minutos. Quem abre é frei Anselmo, o padre porteiro, que em sua juventude se preparava para se tornar alquimista até que cruzou com Deus, ou melhor, com um de seus representantes terrenos. E Anselmo ingressou na comunidade do monte Atos, onde, quando não estava rezando, se dedicava a cuidar de sua horta, que acabou se tornando um verdadeiro pomar do qual toda a congregação usufrui. Anselmo e padre Hortensio, seu mentor e alma gêmea, possuem uma permissão especial para dedicar à horta todo o tempo exigido pela natureza. Também há galinhas, e, portanto, ovos e pintinhos.

O frade observa o conde, sonolento e surpreso.

— O que o senhor deseja?

— Perdoe-me o incômodo, padre, porém venho de muito longe, não havia como prever a hora de minha chegada.

O frade não deixa de notar a nobreza dos modos e da aparência do visitante. Ao fundo, lá dentro, surge a figura do padre Hortensio, que também ouviu o barulho da porta. Ele vê padre Anselmo reiterar a pergunta ao estranho visitante.

— O que posso fazer pelo senhor?

— Decidi me retirar do mundo e dedicar a vida à oração. Gostaria de falar com o padre reitor.

— Tentarei falar com o padre Benito, o reitor, mas não posso garantir nada.

O conde adentra o saguão austero e espera. Padre Hortensio se encontra com padre Anselmo e murmura:

— Quem é? E o que ele quer?

— Não sei, quer falar com o padre reitor.

— Diga para vir outro dia. Isso não são horas de aparecer.

— Ele decidiu se retirar do mundo.

— Aqui? Não gosto da aparência do sujeito. Parece ser um mal-entendido. Devem ter lhe pregado uma peça.

— De toda forma preciso avisar o padre reitor.

O conde espera de pé e em silêncio durante o breve conclave dos monges. Fixa os olhos em padre Anselmo e depois em padre Hortensio; nenhum dos dois consegue sustentar por mais de alguns segundos seu olhar brilhante e opaco, pesado como metal. O olhar de um ser que, embora tente se mostrar humilde, emana uma superioridade intimidadora.

— Algum problema? — o conde pergunta.

— Não, estou indo agora mesmo avisar o reitor. Vou ver se está acordado.

Padre Hortensio fica, fazendo companhia ao conde.

— Não olhe para mim como se eu fosse perigoso — o conde pede e ao mesmo tempo ordena.

É sempre assim com ele, capaz de provocar um sentimento e também seu oposto.

— Tem certeza de que não é? — o frade questiona.

— Nunca pensei em mim mesmo nesses termos. Talvez tenha sido perigoso em outros tempos...

— O senhor sabe como é a vida que levamos aqui em cima?

— Ouvi falar muito deste mosteiro, mas me explique o senhor, já que vive aqui.

— Nossa vida é de sacrifício e renúncia. De entrega absoluta à oração. Realizamos somente as tarefas imprescindíveis à nossa sobrevivência. O restante é silêncio, jejum e contemplação. O padre Anselmo, que entende de química, dedica-se a investigar remédios à base de plantas medicinais que eu cultivo na horta. Com o tempo, organizamos um laboratório natural. Mas não posso garantir que, caso o senhor adoeça, conseguiremos salvá-lo. Levamos uma vida reclusa e selvagem.

— Estou disposto a aceitar essas condições de vida.

— O senhor não poderá receber visitas. Não há neste mosteiro lugar para suas raízes e seu passado.

— Faz tempo que me esqueci do mundo e que o mundo se esqueceu de mim. Suas palavras confirmam que não me enganei em vir aqui.

Frei Anselmo os interrompe, sem conseguir disfarçar a excitação.

— O reitor aceitou vê-lo. Está à espera em sua cela.

Padre Hortensio contempla o nervosismo do colega. A presença do conde deixou uma impressão forte em ambos, e ele não tem certeza se isso é um bom sinal.

Frei Anselmo acompanha o conde a um aposento tão austero quanto o saguão de entrada.

O conde se informou sobre a vida do mosteiro e a de seu reitor. Todo mundo exalta a crueldade consigo mesmo e o desprezo pelas próprias necessidades biológicas. Santidade, essa era a única explicação dada para uma índole tão autodestrutiva.

Se a religião costuma roubar da vida seus aspectos mais gratificantes, padre Benito havia reduzido a dele próprio a um exercício contínuo cujo limite era a estrita sobrevivência do corpo. Sua vida diária era um desafio às contingências da natureza humana. Sua sobrevivência demonstrava que milagres eram possíveis.

O aposento está vazio, o piso é de pedra. Uma mesa de madeira e uma cadeira, além de uma cama, são a única mobília. O conde atravessa a cama com o olhar e descobre que o padre reitor jaz no piso duro de pedra, embaixo da cama. Para o conde não existem paredes nem estrados, o alcance de seu olhar é infinito e profundo. Mas até isso o entedia, de modo que não o alardeia. Espera que o mosteiro implique o fim de todas as suas vantagens, reduzindo-as a uma apenas.

Padre Benito gostaria de saber o que o recém-chegado está pensando, como é fisicamente; tenta atravessar a cama e vê-lo com a mesma clareza com que o conde o viu, porém não consegue, só logra ver seus sapatos e tornozelos. O reitor emerge de debaixo da cama e cumprimenta o recém-chegado. O olhar que trocam parece mais um enfrentamento do que o simples ato de observar um ao outro. Nesse enfrentamento não há vencedores. O conde ensaia sua versão mais humilde e retira os olhos ardentes da figura do reitor. Tem consciência do impacto que sua presença provoca e luta contra isso. Finge parecer menos do que é.

O rosto magro do frade expressa uma vontade de ferro, confiança em si mesmo e desconfiança em relação aos outros. Seus olhos são belos, apesar de sua pretensa dureza, e possuem aquela camada misteriosa e opaca das imagens sagradas. De todos os sentimentos que nutre sobre si mesmo e sobre a vida, há um que predomina: a insatisfação. Seu olhar expressa a angústia de quem não consegue aceitar o abismo que separa o sonho do real.

A fama do frade e de seus escritos haviam chegado aos ouvidos do conde; contudo, o frade desconhece a identidade de seu magnífico visitante. A primeira impressão é ótima. Surpreende-se com a mistura de luxo e palidez, brilho e cansaço. A figura do conde irradia algo indubitavelmente místico. Majestoso e vazio ao mesmo tempo. Nunca ninguém havia causado tamanha impressão ao frade. Compreende agora a excitação de padre Anselmo ao anunciar sua chegada.

— Sou um conde transilvano e venho de muito longe para me retirar em seu mosteiro.

— Sabe das normas que regem a vida dentro destas paredes?

— Silêncio, solidão, jejum e recolhimento. Quero me afastar do mundo e viver uma vida de piedade e de contemplação de Jesus.

— Permita-me insistir. O senhor tem ideia do que significa renunciar aos prazeres e à comodidade às quais tem fácil acesso? Será que não está com uma fadiga ou uma desilusão momentânea? Conheço casos assim.

— Não é o meu. Tentei de tudo, porém o mundo, seus pra-

zeres e ideias não me excitam nem interessam. Faz anos que vivo sozinho e sóbrio, cercado por animais. Viajo constantemente, o que significa que não tenho apego a nada nem a ninguém.
O frade se sente atraído pelo desconhecido, em sua totalidade.
"Eu sabia que um dia ele bateria à porta do mosteiro. Instantes atrás, nesta mesma noite, um raio atravessou meu sono leve anunciando sua chegada. Antes de conhecê-lo, eu o imaginei", o frade diz a si mesmo. E o conde lê seus pensamentos. Sabe que não foi um raio, e sim o relincho dos cavalos, que anunciou sua visita, mas não diz nada porque pressente que o padre Benito gosta de acreditar que tem poderes sobrenaturais e de exibi-los.
Os dois homens dialogam mentalmente, em silêncio, através de olhares. O frade consegue intuir o que o conde pensa. Não sabe mais o que lhe dizer, de modo que anuncia algo evidente:
— É tarde, ou cedo demais. Pedirei que frei Anselmo o acompanhe à sua cela. Os primeiros meses serão de provação. Se sua intenção for sincera, o senhor estará em casa. Quem sabe poderá ajudar o padre Hortensio com a horta, caso ele necessite. Mas não há muito que fazer. Seu espírito terá muitas horas livres para orar e meditar. Amanhã vou sair de viagem; quando voltar, diga-me se seus desejos não mudaram. Espero encontrá-lo aqui ainda.
— Estarei aqui. Não tenha dúvidas.

Padre Benito se ausenta periodicamente do convento; certa vez leu o romance *O monge*, de Matthew G. Lewis, e sonha com a possibilidade de ser confrontado com as tentações que arrastam o protagonista do livro para a perdição, mas jamais tem essa sorte... embora a presença do conde talvez possa vir a mudar seu medíocre destino. Nunca admitiria isso, mas gosta de viajar, de interromper a monotonia autoimposta do mosteiro. Nessas viagens, goza de seu status de santo em vida, guia das mais importantes almas do país, conselheiro prestigioso de pessoas importantes. Cruel sedutor de homens e mulheres desviados. Em seus encontros com os poderosos e suas riquezas, não chegou nem perto de entrar em contato com alguma manifestação diabólica contra a qual devesse agir como um santo em vida, que é como o descrevem.

Estranhamente, a viagem após a visita do conde é infrutífera, tanto para ele como para seus fiéis. O frade está distraído, nem pensa em O *monge*, de Lewis; em vez disso, não consegue tirar o conde da cabeça. E esse pensamento o aflige profundamente. Como autopunição, prolonga a viagem por mais tempo do que o previsto, mantendo à distância o ardente desejo de voltar ao mosteiro. Talvez o demônio tenha escolhido aquele conde impressionante para tentá-lo. E, na ansiedade que essa ideia provoca em si, encontra certo consolo.

Como prometido pelo reitor, o conde está dispensado de todos os trabalhos domésticos. Quando o som do sino os convoca, reúne-se no refeitório e na igreja com os colegas, mas não volta a vê-los pelo resto do dia. E ninguém ousa perturbá-lo, embora estejam todos de olho em suas ações. Padre Benito recomendou que se esquecessem dele. Queria que o conde experimentasse a indiferença e a insignificância.

O conde começa a faltar ao refeitório, e em determinado momento simplesmente para de ir. Quase não se alimenta. O voto de discrição e as recomendações do reitor impedem que seus companheiros se mostrem preocupados com sua saúde. Padre Anselmo teme que tal discrição seja mortal para o conde, e padre Hortensio espera que de fato seja assim, porque tem ciúmes dele.

Depois de algumas semanas, o reitor volta ao mosteiro. Nunca sentiu tanto desejo de voltar, e não tem tempo para perguntar sobre o convidado. Admiração, estupor, inveja e desconcerto resumem a impressão geral. A vida do conde, informam-lhe, transcorre entre a igreja e a cela. Raras vezes passeia pelo jardim, e nunca se deteve para admirar o sol. Aqueles entardeceres e amanheceres de indescritível beleza, cuja contemplação justificaria a existência do mosteiro e de seus habitantes, não o atraem nem um pouco. Faz semanas que não pisa no refeitório, e ninguém o viu provendo-se de batatas, cebolas ou alfaces na horta. Os dois monges que habitam as celas vizinhas afirmam tê-lo ouvido levantar à noite e dirigir-se à capela. Em diversas madrugadas foi encontrado em êxtase diante do altar. Não parecia humano, sua figura hierática era sólida como uma pedra e escura como a noite mais densa.

A comunidade reconhece que a conduta do novo hóspede não admite a menor repreensão. No entanto, o ambiente é de agitação e nervosismo.

— Imaginei — diz o reitor. — Por isso demorei tanto a voltar.

Ninguém entende suas palavras, porém padre Benito gosta de desestabilizar os frades com frases absurdas que nem ele mesmo entende.

Depois de tentar domar os pensamentos, o reitor se aproxima da cela do conde, incomodado pela falta de curiosidade do hóspede. Encontra a porta fechada, mas possui uma chave que abre todas as portas. A cela está vazia, e a janela, hermeticamente fechada. Quase não há luz, só a que penetra por duas pequenas frestas na madeira da janela.

A cama está intocada. Não há marcas de corpo algum. O reitor se vira, mas antes de sair a voz do conde o detém.

— Como foi de viagem?
O frade se volta de supetão. Arrastando-se com agilidade, o convidado aparece de debaixo da cama. Ele não pensou em olhar embaixo da cama, pensava que era o único a descansar inutilmente sobre as pedras do piso. Com o tremor da cumplicidade, pergunta:
— O que faz debaixo da cama?
— Descansando. Prefiro o chão.
— Eu também.
O gelado do chão esfriou também seu rosto; é impossível adivinhar nele qualquer emoção. O padre reitor é famoso por seu poder mental, ou pelo menos é o que diz, e os outros dão corda; mas tudo é diferente com o conde, diante do qual ele se sente transparente, nu e leve como uma pluma.

Fica perturbado com essa sensação tão nova. Confuso e sem inspiração, vai embora em silêncio.

O conde sabe que, desde que chegou, o frade está de olho nele; todos estão, mas o reitor não tenta esconder, é uma questão de poder e de status. Para não levantar suspeitas, renuncia por ora às visitas noturnas à capela. E acrescenta um pequeno ato fingido: a cada manhã, antes do nascer do sol, desce à horta e se abastece de alimentos, dos quais mais tarde se desfaz. Antes dessas saídas, passa no rosto e nas mãos várias camadas de um creme espesso que trouxe consigo.

Na sexta noite, sente uma necessidade compulsiva de se ajoelhar diante de Deus na solidão noturna. Antes de ir à capela, assegura-se de que todos dormem e estão recolhidos em suas celas. Sem fazer barulho — dá a impressão de sequer tocar o chão, é como se o sobrevoasse —, o conde percorre os corredores e só ouve roncos atrás das portas.

Ao chegar à cela de padre Benito não escuta roncos, e sim chicotadas e gemidos. Permanece imóvel diante da porta e percebe que não há chave na fechadura. A abertura convida ao olhar, talvez até deliberadamente. O conde aceita o convite, ajoelha-se e observa. Vê o padre reitor flagelando com violência as próprias costas nuas até manchar o piso de sangue. O espetáculo acaba por ser edificante e sugere novas vias de comunicação entre eles; o conde pensa por um instante e decide, como previra, deixar fluir sua piedade em seu recinto natural, a capela.

Irrompe na capela e se prostra diante do enorme crucifixo que encima um dos altares. Permanece nessa postura por um tempo, quieto como uma parede, absorto em profunda oração. Em seguida levanta a cabeça, os olhos brilhando como brasas de uma fogueira apagada.

Não está só na capela. Padre Benito o seguiu e o observa absorto na escuridão.

O conde se aproxima do crucifixo de tamanho sobrenatural. O Cristo de madeira começa a jorrar sangue por todas as feridas. Primeiro pelos pés, depois pelo peito e pelas mãos, pelo canto dos lábios, pelas têmporas. O conde se eleva no ar sem apoio algum e se lança a todas as fontes com a boca frenética. Nenhuma gota é desperdiçada. Padre Benito contempla o milagre, atordoado. Diante de seus olhos, ele vê se desvelar, em toda sua magnitude, o mistério da eucaristia.

Depois de lamber cada centímetro da escultura de madeira, a figura do conde se reduz à de um pássaro preto (uma andorinha, pensa o reitor). Se estivesse mais perto, padre Benito teria visto que se tratava de um morcego.

O pássaro pousa sobre a cabeça do Cristo e com grande dedicação bica o sangue que ainda impregna a coroa de espinhos. Em seguida, reencarna em sua figura humana e se prostra diante da imagem da cruz, petrificado pela devoção.

A mesma devoção intensa se apodera de padre Benito, mas não provocada por Cristo, e sim pela pessoa do conde, cujos lá-

bios ainda conservam restos do sangue divino. O conde leva a mão à boca, tentando esconder o sangue. Acaba de perceber a presença do monge e o febril desejo dele de lamber seus lábios ensanguentados — o que faz sua boca queimar.
Padre Benito sabe que foi descoberto. O desprezo que vê nos olhos do conde dói muito mais que as chicotadas.
Sai da capela e passa o resto da noite confuso, tremendo em sua cela.
Absorto em um estado de grande agitação, padre Benito passa o dia inteiro trancado na cela. Não abre para ninguém. Promete a si mesmo, num arroubo obsessivo e infantil, que, a menos que seja o conde a bater à porta, não a abrirá.
No dia seguinte, padre Anselmo insiste tanto que o reitor não tem outra saída senão abrir. O discípulo traz comida e remédios caseiros para o resfriado; o convento inteiro o ouviu tossir durante a noite. O frade rejeita tudo e pergunta quanto tempo faz que alguém viu o conde comer.
— Acho que mais de um mês.
— Se ele consegue, também vou conseguir.
Padre Anselmo protesta com ternura. O reitor o repreende:
— Você deveria ser mais discreto e mais indiferente.
— Estou preocupado com o senhor.

Duas semanas mais tarde, padre Anselmo se dá por vencido e bate à porta do conde.
— O reitor está doente e deseja vê-lo.
O conde não sentira a falta de padre Benito, que acreditava estar em uma de suas viagens; na verdade, nem sequer pensara nele.
A cela do reitor é uma réplica ruim de sua própria cela. O frade não apenas dorme no chão, debaixo da cama, como a me-

sa de cabeceira, o guarda-roupa simples e o crucifixo ocupam os mesmos lugares que na cela do conde.

Uma vez a sós, o diálogo é fulminante.

— O que o senhor tem, padre Benito?

— Minhas forças estão me deixando.

— Tente comer algo.

— Comerei o que o senhor comer.

— Desde quando sou o modelo a seguir?

— "A alma sozinha, sem um mestre virtuoso, é como brasa acesa isolada. Antes vai se esfriando que acendendo." Ensine-me a comungar!

— Creio que o senhor esteja delirando, por causa do jejum.

— E o senhor mente! Desde que me mostrou a verdadeira comunhão, a outra não me serve mais.

— O que o senhor padre diz é absurdo e sem sentido, além de pecaminoso, para utilizar seus próprios termos.

— A menos que me revele seu segredo, o senhor não poderá permanecer nem um minuto a mais neste convento. Eu insisto.

O conde reflete por um momento.

— Certo.

— Não se vá, senhor conde!

— Como ficamos?

— Eu imploro!

— Está bem. Acalme-se e escute bem a história que vou contar. Trata-se da minha história.

"Sou um vampiro. A literatura e o tédio criaram muitas lendas sobre aqueles de minha espécie. Isso não é uma justificativa, muito menos uma reivindicação. Não tenho interesse em transformar ninguém em vampiro. Sou como os senhores místicos, gosto de estar sozinho e viver em meu próprio ritmo.

"Mas nem sempre fui assim. Também atravessei longos períodos de confusão e ligeiro hedonismo.

"Nós, vampiros, somos uma espécie muito peculiar, não há como dizer que não. Gozamos de menos vantagens do que se imagina, e menos inconvenientes do que nós mesmos imaginamos. Clichês e apreensão, malditos sejam! De tudo que se fala há uma coisa que é verdade, a falta de reflexo nos espelhos e nos olhos dos outros. Na superfície da água. Só nos refletimos nas fantasias dos outros, como essa de que agora mesmo o senhor padece. Nossas sombras se alongam nos sonhos, e a noite é o nosso dia."

O frade o observa, fascinado. O conde prossegue:

— Não existe solidão maior que a de não se sentir acompanhado pela própria imagem. O testemunho dos outros não basta, nem mesmo o de nossos entes queridos. Incapaz de contemplar meu próprio rosto, cheguei a pensar que não o possuía mais. Tinha certeza de que, se Deus existia, pertencia à família dos espelhos e, por alguma razão que me escapava, adorava negar nossa existência.

"O proselitismo contínuo de meus congêneres é mais por sede de vingança que de sangue, deve-se mais à raiva que à necessidade de saciar o apetite. Cada nova vítima que se curva a nossas presas é como uma vitória diante do Deus-espelho, uma imagem que arrebatamos dele para sempre.

"Como prolongamento de nosso ódio ao espelho, passamos a odiar também o signo da cruz. Um clichê irracional que os vampiros ainda não conseguiram superar. Identificamos a cruz com Deus, e não é bem assim. Eu mesmo nunca vi Deus, e no entanto pode-se encontrar uma cruz em qualquer altar. Este mosteiro está cheio de cruzes que não me incomodam, pelo contrário, trazem-me conforto.

"Em minha existência como vampiro, experimentei grandes crises, como já disse. Como todos os outros, reneguei minha natureza, atentei contra ela. Não suportava a letargia contínua na qual vivia, as orgias não me divertiam mais. Porém o sangue continuava sendo vital. Durante muitos anos fui um vampiro niilista. Saía para caçar somente quando não havia outro jeito. Substituí as gargantas humanas por qualquer outra fonte de sangue animal, mesmo que mais impura: galinhas, coelhos, cachorros, até meus próprios cavalos.

"Foi um dos meus cavalos que de repente me mostrou o caminho.

"Nessa época, eu passava as noites lendo dentro do meu caixão, com a luz dos meus olhos. Chamavam-me a atenção o jainismo, o budismo e o misticismo cristão. Será que o vi lendo a *Noite escura da alma*? Eu lia tudo o que caía em minhas mãos sobre temas espirituais, estava convencido de que, se quisesse acabar com aquela depressão, precisaria me arriscar.

"Comecei visitando algumas ermidas de interesse artístico. Meu olhar é profundo, de longe eu conseguia vasculhar o interior das igrejas sem ter de entrar. Demorava a me decidir, como uma criança antes de pular de um trampolim na piscina pela primeira vez.

"Aconteceu em uma dessas excursões. Eu descansava na grama à luz da lua, próximo à Igreja do Salvador do Mundo, nos arredores de uma cidadezinha na Mancha. Fiquei surpreso que ela estivesse aberta, e não acreditei quando vi que meu cavalo circulava tranquilamente por seu interior, tendo em vista que ele também é vampiro. Eu mesmo o mordi e iniciei.

"Havia chegado o momento de tomar impulso e pular.

"Foi o que fiz. Entrei.

"A igreja estava vazia. No altar maior, destacava-se a imagem do Salvador do Mundo. Uma cruz tão grande quanto a minha curiosidade dominava o espaço a ela consagrado. Aproximei-me do altar, sem deixar de olhar para o Cristo. Ajoelhei-me diante dele. Não fui tragado por um terremoto, nem vi os céus se partirem e revelarem o outro lado, tampouco fui fulminado por um raio que me transformou em uma pequena fogueira. A noite seguia seu curso, calmamente. Era a primeira vez que eu via aquela imagem, e sua simples visão me proporcionava uma paz nova e completa.

"De repente ocorreu algo extraordinário. Por cada uma de suas feridas, nos pés, nos joelhos, no peito, na boca, nas palmas das mãos, nas têmporas etc., o Cristo começou a jorrar sangue. Por menor que fosse a ferida pintada na escultura de madeira, ela se transformava de maneira súbita e irrefreável em fonte de vida. Eu contemplava o milagre, paralisado. Foi então que sua voz me disse: 'Eu sou a única fonte da vida. Quem bebe de meu sangue não necessitará de outro alimento'. Ouvi isso dentro de mim como um eco.

"Ele não precisou dizer mais nada, eu também não. Aproximei-me do crucifixo e bebi o líquido que por bastante tempo emanou de cada uma das feridas. Limpei com os lábios a poça de sangue que tinha se formado no chão. E voei como um avião no dia em que foi inventado.

"Voltei ao castelo, ansioso por comunicar a meus colegas a maravilha que acabara de descobrir. Mas ninguém acreditou em mim. Pelo contrário, assim que terminei meu relato, olharam para mim com nojo. Minha vontade de fazer uma demonstração *in loco* tampouco ajudou. Eles não queriam mudar. A rotina lhes dava segurança, e eles pensavam que minha abstinência havia me deixado louco.

"Abandonei o castelo, com tudo que havia dentro. Viajei por diferentes lugares da Espanha. Encontrei uma de suas discípulas, que me mostrou suas cartas, e me identifiquei ipso facto com o conteúdo delas. Vim aqui com as intenções que o senhor conhece. Se até agora não havia dito nada, não foi por mesquinhez; a rejeição dos vampiros me mostrou que as soluções individuais não salvam os outros. E o vampirismo é um caminho sem volta que não aconselho a ninguém."

Padre Benito pronuncia duas palavras apenas:

— Faz-me vampiro.

Diante da firmeza inabalável do reitor, o conde tenta exagerar os inconvenientes de sua espécie. Insiste na dor da visão incompleta de si e na opacidade dos espelhos e das superfícies refletoras, a depender da luz. O reitor avalia que se trata de um preço pequeno a pagar tendo em vista o que receberá em troca.

A questão do alho é uma lenda idiota, e a luz do sol o incomoda, mas é suportável; ele tem uma pele sensível que precisa de uma sólida camada de protetor solar.

Conhecendo a imprudência do frade, não resta outra opção ao conde senão buscar tudo de que precisa para a nova ordenação.

Padre Benito se sente tão animado quanto uma noiva. E o conde pensa que talvez não seja uma má ideia torná-lo vampiro. Começa a achar agradável a ideia de não ser o único.

Abordam o tema da eternidade e da morte. O conde lhe confidencia que, se desejar abandonar o mundo, basta enfiar uma estaca bem fundo no coração. Precisará da ajuda de alguém para isso. Não conseguirá realizar a tarefa sozinho.

O reitor não quer nem ouvir.

— Não invejo a felicidade dos santos na outra vida.

— Tem razão, o vampirismo já é outra vida.

De acordo com sua magnitude, a cerimônia será simples e íntima.

Na noite anterior, nas imediações do vilarejo mais próximo ao convento, alguém pensou ter visto um grande espelho voando pelo céu. Uma senhora chegou a notificar o desaparecimento do objeto, mas, por mais que a interroguem, não sabe dizer como e o que ocorreu, exceto que seu espelho desapareceu. Somente o reitor e o conde conhecem a verdade. Transformado em morcego, o conde pegou o espelho no quarto de uma casa com as mandíbulas e o transportou até o mosteiro.

Eles instalaram o enorme espelho junto ao altar do Cristo eterno e sobrenaturalmente agonizante. Nada mais é preciso. Está tudo pronto.

O conde conduz a ordenação com delicadeza.

— Contemple detidamente o seu rosto. Nariz, olhos, lábios, bochechas, sobrancelhas, queixo, cabelo, orelhas. Abra a boca e olhe dentro dela. Não se esqueça da língua... coloque-a para fora e observe-a bem, porque não a verá novamente... Tire a roupa, sem pressa, peça por peça. E contemple detidamente no espelho cada um de seus membros. Deleite-se. Quem diria, seu corpo é belo e vigoroso.

O frade obedece ao compasso das palavras do conde, até ficar totalmente nu.

Por pudor, não se lembra de ter-se observado nu desde criança. Sente uma nostalgia inesperada. Acaricia as próprias pernas, o peito, os ombros, os braços, o pênis... De fato, é muito mais belo do que teria imaginado.

— Eu gosto do meu corpo.

— Ainda está em tempo de voltar atrás e gozar um pouco dele.

— Faz tempo que não estou em tempo.

O reitor se deleita ainda por uns instantes. Adota diferentes posturas para contemplar o próprio corpo a partir de diferentes perspectivas.

— Estou pronto — ele avisa.

O conde se aproxima e o abraça. O frade continua vendo apenas a própria imagem no espelho. Seus músculos estão tensos, e seus braços circundam o torso do vampiro, embora o espelho não o reflita. O frade se entrega ao conde sem perder de vista o próprio rosto. Inclina-o para trás, em um gesto de arroubo. Nesse instante, as presas do conde perfuram seu pescoço. O corpo do frade desaparece do espelho e cai de uma vez no chão. O vampiro se lança sobre ele e drena suas artérias em um frenesi feroz.

Exauridos, eles permanecem um em cima do outro, como se tivessem acabado de fornicar loucamente.

Quando o frade volta a si, observa o crucifixo do altar. O conde o ajuda a se levantar. Das feridas do Cristo começa a brotar sangue. Os dois se lançam sobre a escultura de madeira e absorvem com gosto o alimento que jorra gratuitamente.

Depois do banquete, transformam-se em morcegos, abandonam a capela voando e se perdem na escuridão sem mistério da noite.

O voo noturno e nupcial e o ritual diante do espelho acabam se tornando a nova forma de iniciação na congregação místico--vampírica que nasce da união do padre Benito com o conde.

Eles tentam se esquecer do mundo, e que o mundo os esqueça. Chama a atenção das diferentes gerações de camponeses que habitam o vilarejo próximo a estranha sobrevivência daqueles monges. Mas a superstição e o medo são muralhas intransponíveis, muito mais sólidas que a curiosidade.

Como disse o conde ao padre Benito, os vampiros e os místicos estavam fadados a se entender.

Joana, a bela demente

No alcácer real de Segóvia havia um cômodo que, junto com a igreja e com seu próprio dormitório, era um dos preferidos da rainha católica: o quarto de costura. Quando seus deveres de governante permitiam, a rainha passava as tardes nesse quarto do castelo, costurando com as filhas. Nada a entretinha mais. Isabel era uma boa rainha, além de boa esposa e mãe. Para ela, católica exemplar, essas coisas eram igualmente importantes.

Antes de governar um país, uma mulher deve saber governar a própria casa, ensinava com frequência às filhas, Isabel, Catarina e Joana.

Esta última não sentia especial atração pelas tarefas que a soberana mãe tentava lhe enfiar goela abaixo, e às vezes, como nesta ocasião, ousava expressá-lo:

— Pois eu não vejo como o país pode sair ganhando com o fato de nós sabermos costurar.

— Preste atenção, minha filha. Meu esposo, seu pai, jamais vestiu qualquer camisa que não tenha sido cosida por mim.

— Mas temos na Espanha magníficas fiandeiras que poderiam fazer isso — Joana novamente a contradisse.

— Sim, mas de todo modo meu soberano marido não as usaria. Além do mais, se eu as tivesse encomendado a outra mulher, teria de pagá-la pelo trabalho; e quando você for mais velha, querida Joana, entenderá que as necessidades do nosso povo são muitas e que tudo o que possamos economizar para mitigá-las será pouco.

Dona Joana não disse mais nada. Continuou com desgosto sua tarefa, unindo-se ao silêncio das irmãs. Mas a calma aparente durou pouco, pois um grito inesperado interrompeu o labor. Era novamente dona Joana que chamava a atenção da rainha.

— O que houve?

— Eu me espetei — a infanta se queixou, chorosa.

A rainha a repreendeu:

— Isso é um castigo pela sua falta de atenção. Tenha mais cuidado no que faz a partir de agora.

Porém a infanta parecia não ouvi-la. Bocejou e se afastou do trabalho. A rainha católica estava estupefata diante de tamanha indisciplina.

— Estou morrendo de sono, mãe — disse Joana, arrastando as palavras como se algo a impedisse de articulá-las bem.

— Mas até um minuto atrás você estava totalmente acordada. O que aconteceu?

— Não sei, de repente fiquei com muito sono.

Antes de terminar a frase, a infanta caiu num sono profundo. Deitaram-na, e, para a consternação da família real, os dias se passaram sem que Joana acordasse. Ninguém sabia o que fazer.

O rei e a rainha estavam perturbados com a misteriosa doença. Isabel, como de hábito, levou sua dor ao Cristo Crucificado e recorreu a Ele como principal aliado. Assim, ordenou missas e novenas de norte a sul do país. Queria que o reino inteiro, especialmente aqueles nobres tão amigos do luxo e da devassidão, se unissem a seu calvário e se impusessem sacrifícios, como ela própria fazia. Contudo, mesmo após semanas de piedade popular, Jesus Cristo Crucificado não se compadecia da infanta adormecida. Assim, a rainha Isabel, para quem nenhum sacrifício era grande demais, decidiu torturar o próprio corpo — não era a primeira vez que fazia isso — a fim de se tornar mais merecedora da ajuda divina. Seu marido, o rei Fernando, insistia em outros meios, mas Isabel, que dentro de seus aposentos o desprezava, repreendeu-o com desdém:

— Se você é fraco, tratarei de tudo sozinha. Eu me mortificarei por ambos, e o farei diante dos seus olhos. Assim, ao me ver, quem sabe você sofra um pouco também, e tenha algo a oferecer àquele que padeceu o impensável por nós.

O espetáculo das torturas da própria rainha causava repugnância a seu soberano esposo. Ele confessava a seu guia espiritual:

— A rainha é insensível à dor. Manda encherem o chão dos salões com brasas incandescentes e cacos de vidro, e passeia tranquilamente por cima deles como se fossem um tapete macio. Sempre desfrutou das penitências mais duras, porém nunca havia chegado a extremos desse tipo. Nos últimos anos, vinha dormindo sobre uma enorme pedra, mas há pouco tempo mandou prepararem um leito feito de punhais, em cujas pontas repousa temerariamente, como um faquir, sem jamais se queixar. O espetáculo, no entanto, é insuportável para mim.

Ao fim de vários dias de espera infrutífera, os serviçais do palácio, que conheciam a doença da infanta, estavam consumidos pela incerteza, porém a rainha não se dava por vencida, e continuou se submetendo a horríveis torturas na presença de Deus — havia sempre uma cruz na qual Isabel se mirava como em um espelho — e do rei.

Passaram-se quatro meses de sono ininterrupto, e Isabel ameaçou crucificar-se caso Joana não acordasse. A situação era a cada dia mais difícil. Eles não queriam que o povo soubesse da verdade e esforçavam-se para simular um ar de normalidade absoluta; porém, apesar do segredo, já se ouviam comentários dizendo que os reis haviam sequestrado a infanta Joana.

Isabel continuou em sua escalada penitente. Mandou instalarem uma cruz de três metros de altura em uma das torres do alcácer real, para que todo o povo pudesse vê-la, e estava mesmo disposta a ser crucificada quando acorreu em seu auxílio uma voz grave e luminosa, que não podia ser outra senão a voz divina:

— Isabel, deixe de lado as penitências e não se inquiete por seus problemas. Não será no seio da dor, e sim em meio à diversão e às festas, que você encontrará a chave para acordar sua filha.

A rainha não duvidava da autenticidade daquela voz, mas as palavras divinas a desconcertaram. Diversão? Festas? Que tipo de diversão? Que tipo de festas? Religiosas?

— Não — retumbou mais uma vez a voz divina. — Festas laicas, ruidosas, tradicionais e violentas.

Isabel odiava festas e diversão, mas a voz grave e luminosa não deixara margem para dúvida, fora muito específica. Somente em meio à diversão e a festas de todo tipo, exceto religiosas, é que encontraria a solução para interromper o sono anormal de Joana.

Então, para o jubiloso espanto dos nobres, Isabel anunciou o fim do rigoroso luto decretado após a morte do filho Fernando, meses antes, proclamando, em lugar disso, a volta da dissolução, do luxo e da algaravia.

Quando o marido lhe perguntou a razão daquela mudança, a rainha respondeu em tom enigmático:

— Deus costuma escolher caminhos tortos para nos demonstrar seu poder, e eu só posso me submeter a eles com humildade. Aconselho que você faça o mesmo.

Castela e Aragão receberam o anúncio com muita alegria. A austeridade do alcácer real foi invadida com a chegada de circos, prostitutas, pícaros, músicos e companhias de teatro; uma delas, a de maior renome, ergueu seu palco no meio do pátio do castelo. A curiosidade da rainha foi fisgada por conta do nome do espetáculo, A bela adormecida; ela viu nisso outro sinal divino e a iminente resolução de seus problemas, de modo que decidiu honrar a primeira apresentação com sua presença dura. O narrador assim falou:

A origem desta história remonta a algo que aconteceu vários séculos atrás. Tudo começou com o batismo da filha de um rei, para o qual foram convidadas todas as fadas do país, que compareceram dispostas a presentear a bebê com seus melhores dons. O rei, porém, se esqueceu de convidar uma delas, a Fada Malévola, que apesar de desprezada ainda assim se apresentou, disposta a oferecer também um presente.

— Se um dia ela espetar o dedo, morrerá — disse.

Por sorte, uma das fadas bondosas alterou a maldição para algo menos terrível:

— Não morrerá, mas adormecerá e só será despertada com o beijo de um príncipe.

O rei, aterrorizado, ordenou que desaparecessem com todas as agulhas do país, mas isso não impediu que a Fada Malévola se disfarçasse de velha fiandeira e esbarrasse de propósito com a princesinha, que ficou curiosa com o fuso afiado, uma vez que nunca tinha visto um objeto parecido. Ela perguntou à velha o que era aquilo. Um fuso, respondeu a bruxa, sorrindo. E, vendo que a menina gostara dele, ofereceu-o de presente e desapareceu. A princesa, sem saber como manejar o estranho objeto, acabou por se espetar, e adormeceu na mesma hora.

Isabel e Fernando trocaram olhares suspeitos ao ouvir a última frase dita pelo narrador, que seguiu seu discurso:

O rei ordenou que todo o país acompanhasse a princesa em seu sono, para que, ao acordar, ela não notasse mudança alguma ao seu redor. E assim se fez. Todo o povo, inclusive os animais, foram dormir. Então um dia, por acaso, um príncipe estrangeiro passou por ali, e ao ver a princesinha dormindo placidamente não foi capaz de resistir à tentação de lhe dar um beijo, pois tratava-se do mais belo ser que já tinha visto. A princesa acordou, e com ela todo seu povo e todos os animais. A vida do país retomou seu curso feliz. Eles se casaram e no tempo devido os céus os abençoaram com a chegada de uma menina que prometia ser tão bela quanto a mãe.

Tudo corria maravilhosamente bem até que a menina teve o mesmo destino. Seu pai ordenou que o país inteiro dormisse, e mais uma vez um forasteiro acordou a princesa com um beijo apaixonado. Isso se repetiu por várias gerações, a ponto de as pessoas começarem a pensar que se tratava de uma maldição hereditária. Foi uma descoberta importante, pois o país vinha mudando, e já não era mais tão fácil submeter o povo a leis gratuitas, como a do sono obrigatório, sem provocar uma revolução.

Os reis adotaram todo tipo de estratagemas a fim de salvar suas primogênitas da temível enfermidade. Um deles, por exemplo, concebeu um plano que, embora imperfeito, ao menos não implicava o povo. Ele convidou todos os príncipes do mundo para conhecer seu reino, com o objetivo de escolher um deles para ser o futuro esposo de sua filha e herdeira do trono.

Príncipes, farsantes e aventureiros vieram de todos os cantos sonhando em conseguir a bela princesa e com ela a coroa do reino.

A longa fila de pretendentes começou a desfilar pelos aposentos reais, porém nenhum deles conseguia acordar a princesa com seu *beijo. Os reis observavam a cansativa cerimônia cada vez mais inquietos.*

Metade dos galãs haviam passado quando uma balbúrdia se instalou no meio da fila. As vozes chegaram até o rei e a rainha, que saíram para ver o que estava acontecendo. O motivo da baderna era Daniel, filho de Brígida, a cozinheira, que adorava a princesa. Os dois haviam sido amigos inseparáveis na infância.

— O que você quer, Daniel? — a rainha perguntou, irritada.

— Acordar a princesa, majestade.

A rainha se comoveu com o gesto inocente, mas o advertiu:

— Você não pode concorrer, Daniel, pois não tem título algum.

— Não busco riquezas — o rapaz explicou. — A única coisa que desejo é acordar a princesa, pois sofro muito ao vê-la como se estivesse morta. Olhe só para a cara desses sujeitos... tudo que interessa a eles é o dote. Eu não tenho qualquer ambição a não ser devolver-lhe a vida.

Diante de tamanho desinteresse, a rainha ficou sem argumentos.

— Não é possível, Daniel — disse o rei.

O rapaz então deixou a fila, cabisbaixo, e, destroçado pela negativa, adoeceu. Não comia, não falava, não ria. Sua mãe, apreensiva pela súbita doença do filho, ousou se apresentar nos aposentos reais. Naquele momento, o último pretendente depositava seu beijo nos lábios da princesa, inutilmente.

— Brígida, como você ousa entrar assim em nossos aposentos? — a rainha a repreendeu.

Os reis de fato, isto é, Isabel e Fernando, seguiam absortos os desdobramentos da fábula, cercados por outros espectadores da corte tão hipnotizados pelos atores quanto eles mesmos.

— Eu não teria feito isso, majestade, se não fosse extremamente importante — Brígida respondeu.

— O que houve? — perguntou o rei.

A pobre cozinheira não sabia por onde começar.

— Daniel está muito doente, e se não fosse por isso eu não teria vindo aqui dizer nada. Mas preciso lhes revelar um segredo. Suas majestades se lembram da visita que o rei do País Vizinho nos fez dezoito anos atrás?

Os reis assentiram.

— Pois então... Daniel é fruto daquela visita.

— Como? — perguntaram em uníssono o rei e a rainha.

— Sim, tivemos uma breve história de amor, ainda que intensa. E eu não quis dizer nada a ele sobre o menino...

— Então ele não sabe? — a rainha perguntou, extremamente intrigada.

— Não, prometi a mim mesma guardar segredo, mas não aguentei quando Daniel me disse que não poderia ser pretendente da princesa por não possuir sangue real. Não é verdade; embora eu seja uma humilde cozinheira, o pai dele é um rei!

A revelação de Brígida deixou os reis atônitos.

— Pensando bem — o rei disse à rainha —, não temos nada a perder se ele tentar. Afinal de contas, nenhum dos pretendentes oficiais conseguiu acordar nossa filha.

E foi assim que Daniel deixou sua aflição de lado e dirigiu-se rapidamente ao encontro da princesa.

Beijou-a e seu amor operou o milagre. Para alegria de todos, a princesa acordou.

No epílogo, os reis ficcionais convidavam a seu reino o monarca do País Vizinho, que, recém-viúvo e sem herdeiros, acabava se encontrando com sua amada Brígida, a cozinheira, e com o fruto desconhecido de seu amor, o jovem Daniel. O casamento ao final era duplo: de um lado, a herdeira desperta e o jovem e recém-herdeiro Daniel, e, de outro, o rei do País Vizinho e a cozinheira Brígida.

O palco explodiu de alegria ao fim da fábula, e os cortesãos aplaudiram com entusiasmo. A rainha católica estava com o olhar perdido, imersa em suas próprias preocupações. Quando captou a analogia entre a fábula e o sono ininterrupto de sua filha, Fernando ficou furioso. Quis mandar prender os atores e perguntar quem lhes teria falado sobre Joana, mas a rainha o proibiu de fazer o que quer que fosse. Uma vez em seus aposentos, Fernando destilou sua indignação.

— É uma zombaria inaceitável!

— O senhor, o cauteloso e diplomático rei católico, é incapaz de ver para além do próprio nariz — Isabel o repreendeu, com serena satisfação. — Deus se manifestou por meio desses atores.

— Do que você fala? Por acaso não está pensando em convocar por escrito todos os príncipes da Europa para virem beijar nossa filha, não é?

— Preciso de tempo para organizar os pensamentos. — Até então, Isabel sempre conseguira alcançar os objetivos a que se propusera. — Estamos vivendo uma situação extraordinária, que requer uma solução à altura — disse, e foi sua única explicação.

Nos dias seguintes, a rainha se esqueceu de seus tormentos para finalizar todos os detalhes daquela que esperava ser a solução final para o sono prolongado da filha. Assim que conseguiu delinear o plano perfeitamente, confiou-o ao esposo.

— Tudo isso é uma loucura, eu sei, mas você me conhece; sou audaciosa por natureza. O plano que concebi para acordar Joana pode parecer absurdo, e de fato é, e se der errado nos colocará em uma situação tremendamente ridícula. Mas, como você sabe, nada disso me importa.

— Fale logo, por Deus — urgiu o rei.

— Como você pode imaginar, não foi senão devido à graça divina que esses atores chegaram aqui, trazendo-nos a explicação sobre o que a nossa filha tem...

Fernando olhava para ela com expectativa. Preferia não entender aquilo que a esposa insinuava.

— Isabel, isso não passa de uma fábula, de uma história infantil que deveria apenas levantar suspeitas.

— Suspeitas? Ocorre que nossa Joana está adormecida há cinco meses, e justo quando Deus me revela que devo abandonar minha penitência e me distrair, recebemos uma companhia de teatro que por acaso dramatiza a existência de uma maldição hereditária segundo a qual uma princesa dorme até que o príncipe certo a beije...

— Se essa maldição absurda fosse mesmo verdade, teríamos ouvido sobre ela há muito tempo.

— As questões hereditárias são misteriosas, não se manifestam assim, sem mais nem menos.

— E o que você propõe que façamos?

— Joana tem que ser beijada pelo homem que a desposará.

— Mas Joana será rainha, não pode se casar com qualquer um.

— Já pensei nisso. Para nós, seria interessante que Joana se casasse com o príncipe Filipe, filho de Maximiliano da Áustria, o qual, por conta da prematura morte da mãe, já é soberano de Flandres e Borgonha. Com ele teríamos uma boa defesa contra nosso eterno inimigo, o rei da França. O que acha da escolha?

— Perfeita. Mas como você pensa em atraí-lo?

— Anunciaremos seu noivado com Joana e o instaremos a vir buscá-la. Joana tem atrativos suficientes para interessar o jovem arquiduque. Com o pretexto de que a infanta é jovem demais para empreender a longa jornada até Flandres, faremos com que ele venha atrás dela.

— Não é muito comum, mas podemos tentar. E quando ele estiver aqui?

— Faremos com que a beije.

Os reis católicos decidiram enfrentar os riscos dessa aventura tão excêntrica e enviaram a Flandres uma comitiva oficial para negociar suas proposições. O arquiduque aceitou o noivado e agradeceu o convite de ir conhecer sua nova parentela.

Filipe realizou a longa viagem com um robusto grupo de refinados flamengos, os quais, assim que passaram os Pirineus, não deixaram de se surpreender com as singularidades do país.

Quando, depois de várias semanas, chegaram a Toledo, os reis o receberam como a um filho, e conduziram-no pessoalmente até os aposentos da infanta.

— Neste momento ela está adormecida — explicou a rainha —, mas tenho certeza de que vai adorar acordar e encontrá-lo a seu lado.

Aquele comportamento parecia a Filipe tão encantador quanto insólito. De fato, em nenhuma corte europeia tal encontro teria sido imaginável; porém, em se tratando da Espanha, não era surpresa alguma.

Joana esperava o noivo deitada, adornada com luxo e dormindo feito pedra.

— Ela é belíssima — comentou Filipe, em voz baixa, achando graça daquela falta de protocolo.

— Sim — a rainha respondeu. — Pode beijá-la, não tenha medo. Afinal, vocês já são noivos.

Filipe jamais teria esperado tal proposta vinda de uma soberana tão puritana, mas já estava começando a tomar como normais as contínuas surpresas com que a vida castelhana o brindava. Assim, inclinou-se sobre a infanta adormecida e a beijou. Mesmo ele, que não sabia da importância daquele beijo, percebeu o suspense criado à sua volta. Tomados por uma tensão indescritível, rei e rainha seguravam a respiração ao observar como Filipe, um pouco inseguro, detinha-se nos lábios de Joana. Isabel, porém, via mais uma vez seus planos dando certo.

Finalmente, dez meses depois, Joana abriu os olhos, e sua expressão não poderia ter sido mais alegre.

Ao ver o garboso flamengo que a observava com ternura, ela pensou que ainda estava dormindo.

— Então... não foi um sonho? — perguntou a infanta.

A rainha não continha a própria felicidade.

— O quê, filha?

— Enquanto eu dormia, sonhei que um príncipe de um país distante vinha aqui para me levar com ele e fazer de mim sua esposa.

— De fato, o arquiduque de Borgonha veio conhecê-la antes de levá-la para Flandres — anunciou Fernando —, onde serão celebrados os seus votos matrimoniais.

A infanta se levantou.

— Ela é encantadora — Filipe disse para si mesmo depois de ouvi-la.

Joana tocava as próprias bochechas para se convencer de que aquilo tudo era real.

— Oh! Não posso acreditar!

Quando ficaram a sós com a filha, os reis lhe explicaram o milagre que acabara de ocorrer. A rainha insistia que aquela rara enfermidade não devia ser mencionada. A única coisa que restava fazer era agradecer a Deus pela ajuda e informar Joana nos mínimos detalhes de tudo o que acontecera no mundo durante aqueles meses, para que ela pudesse levar suas futuras conversas flamengas sem complicações.

Poucas semanas depois, os jovens empreenderam a viagem para Flandres, onde, entre demonstrações de júbilo popular, celebraram seu casamento. As festas duraram vários dias, pois o arquiduque era muito afeito à diversão.

A infanta espanhola teve de fazer um enorme esforço para se adaptar a seu novo país e a sua nova situação. Não tivesse um bom motivo para isso, a tarefa teria parecido ingrata. Filipe satisfazia todos os seus desejos juvenis. Quando a infanta abriu os olhos após dez meses de sono ininterrupto, soube na hora que ele era o homem de sua vida, e, no alvorecer de sua primeira noite de amor, prometeu a si mesma que defenderia aquela paixão sincera com unhas e dentes.

Ocasiões para demonstrar isso não faltaram, pois o marido era uma tentação contínua para as damas da corte flamenga. Filipe era frívolo e belo, um conversador brilhante e um desportista imbatível. Muitas vezes, quando se celebrava algum torneio em sua homenagem, ele próprio participava de maneira espontânea, e sempre vencia. Era sem dúvida um jovem hedonista, fascinante e sedutor, e em mais de uma ocasião deixou-se levar por caprichos momentâneos que lhe deram a oportunidade de descobrir uma Joana intolerante e detentora de um ciúme selvagem.

Entre violentas crises de ciúmes e inesquecíveis dias de entrega e recolhimento, passaram-se vários anos na corte flamenga. Muitos acontecimentos haviam mudado a situação dos arquiduques na Espanha. Isabel havia morrido, e Joana, inadvertidamente, porque não tinha cabeça para pensar naquilo, tornara-se a herdeira do trono de Castela. Era preciso que o casal partisse para a Espanha, pois o país estava impaciente com o trono vazio. Uma vez lá, Joana não tardou a descobrir as ambições do pai e do marido, que se opunham. Assim, decidiu que, se aquele trono era motivo de tamanha mesquinhez, não o compartilharia com nenhum dos dois. Joana era sua única herdeira, e a única que o povo apoiava e reconhecia.

Em meio a toda essa tensão, ocorreu algo que mudaria o rumo de tudo. Filipe caiu gravemente enfermo. Durante os dias que durou sua agonia, Joana não comia, não dormia, não cuidava da aparência. Menos ainda lhe importavam as responsabilidades de rainha; para ela, existia apenas aquela vida que se extinguia irremediavelmente.

Joana não aceitou a morte de Filipe. Não havia argumentos que a convencessem. Foi aqui que seu longo calvário começou. Sem ouvir os conselhos do pai, ela mandou enfeitar o corpo do esposo com flores e joias, pois queria que ele recebesse com alegria seu próximo despertar.

— Mas não se pode passar os dias e as noites junto a um cadáver, filha — repetia dom Fernando.

— Cadáver? Filipe não está morto, só adormeceu. Descansar depois dos jogos de bola lhe fará bem. Ele se exercita demais. E lembre-se de que não é tão estranho dormir por meses a fio. Eu mesma fiquei assim durante quase um ano.

— Entendo sua dor, filha, mas são muitas as responsabilidades herdadas, não se pode esquecê-las.

— Então encarregue-se delas, afinal de contas não foi por isso que sempre brigou? Quem diria que o sono de Filipe o poria no trono! A vida é paradoxal. Convença os nobres de que estou louca, agora talvez surta o efeito esperado, ao contrário das outras ocasiões. Faça correr o boato de que vivo com um cadáver, e assim conseguirá permissão para reinar em Castela. Nada mais me afeta, exceto o dever de permanecer ao lado de Filipe até que ele acorde.

De fato, e de maneira inesperada, Fernando estava diante de uma situação extremamente favorável.

— E diga ao povo castelhano que Filipe não morreu, está adormecido, e que eu, como a fiel esposa que sou, acompanho-o em seu sono, e que o senhor me substituirá até que ele desperte.

Para Fernando, a loucura de Joana era evidente, e, segundo

o testamento de Isabel, somente quando a filha estivesse claramente incapacitada ele teria o direito de reinar sobre Castela. Seu neto Carlos ainda era criança e vivia fora da Espanha; quando Joana morresse, seria rei, mas até então não tinha nenhum direito. Embora não restassem dúvidas quanto à incapacidade mental de Joana, o rei católico não tinha tudo a seu favor, pois temia que, em um rompante desesperado, a filha tirasse a própria vida, e assim a regência escaparia de suas mãos e Carlos automaticamente se tornaria soberano de Castela.

Durante vários dias, Joana esperou ansiosamente que o cadáver do esposo despertasse. Não saiu de sua cabeceira por um momento sequer, mas a morte era a rival mais poderosa com que já se havia deparado. Entendendo que a paciência não era um procedimento eficaz, decidiu agir. A primeira coisa que fez foi transportar Filipe até Granada, local onde ele desejava ser enterrado. Assim ela o fez saber ao pai.

— Se ele ainda estiver vivo, perceberá que o estou levando para o túmulo, e tentará despertar a fim de impedir que eu faça isso.

Fernando não conseguiu evitar o início dessa comitiva necrófila. Nos lugares onde acampavam à noite, a rainha mandava iluminar o caixão com tochas para que o cadáver jamais ficasse na escuridão, e encontrasse luz quando abrisse os olhos. Eles, no entanto, jamais chegaram a Granada, pois Fernando elaborou um plano para acabar com aquele espetáculo sinistro. Usando de artimanhas, ele confundiu Joana e a levou com o esposo morto até Tordesilhas. A fim de alimentar sua obsessão, transportou até lá o cadáver e a encorajou a cuidar dele até que acordasse. Uma vez que Fernando ascendera ao trono, convinha que Joana não voltasse à razão: se isso ocorresse, todas as intrigas que ele havia tramado para manter a Coroa de Castela seriam inúteis.

Em Tordesilhas, Joana viveu anos de miséria, loucura e maus-tratos. Enquanto Filipe persistisse em sua morte, ela continuaria louca, exibindo fidelidade absoluta. E, diante da possibilidade de recuperar o senso de realidade, seus carcereiros buscavam confundi-la, dando notícias falsas de tudo o que ocorria no país e na Europa; assim, se alguém tivesse a oportunidade de ouvi-la, não duvidaria de sua loucura.

Alguns anos depois Fernando morreu, mas nada foi dito a Joana, que naquele momento jamais poderia imaginar que era a soberana mais poderosa da Europa; pelo contrário, estava decrépita e andava em farrapos, vivendo como uma morta-viva. Da mesma forma que a morte havia se apoderado de seu jovem e forte marido, a vida se prendera a ela firmemente, sem se importar com a miséria e a esqualidez de seu corpo e mente.

Com a morte do rei, seu filho Carlos veio para tomar posse da Coroa. Todos os cargos importantes caíram nas mãos de estrangeiros cuja única preocupação era prosperar à custa dos espanhóis e enriquecer suas casas e esposas em Flandres. Joana deveria permanecer oculta, pois era a legítima rainha, e o povo deveria continuar imaginando-a como uma louca irrecuperável. Carlos recrudesceu a clausura da mãe e encarregou o marquês e a marquesa de Denia dessa delicada missão. Como Joana não se deixava dominar facilmente, seus carcereiros não tiveram dúvidas e intensificaram a violência dos castigos. Na verdade, tentavam apressar a morte da rainha, mas aquele espectro tinha uma vitalidade sobre-humana.

Depois de vários dias de horror, Joana, cujo principal suporte havia sido o corpo embalsamado de Filipe, começou a perder a esperança em seu despertar. Havia sofrido demasiadamente durante toda a espera, e, embora seu amor não tivesse diminuído, não tinha mais forças para continuar sofrendo.

Um dia, chamou sua guardiã e pediu-lhe uma agulha.

— Não é apropriado que a rainha ande vestida em trapos. Eu mesma costurarei uma roupa para mim.

Com gentileza e triste lucidez, Joana mentiu sobre o uso que pensava dar àquela agulha, pois a verdade é que não se importava com a própria aparência.

"Nossa rainha voltou à razão", pensou a guardiã, maravilhada e temerosa.

Quando a mulher lhe entregou a agulha e a deixou sozinha, Joana se espetou várias vezes na ponta dos dedos.

— Quero dormir — repetia ao espírito da ponta afiada. — Quero dormir. Não desejo estar neste mundo se não for dormindo. O sono me livrará de todos os horrores.

E continuou se espetando.

Quando a guardiã contou ao marquês de Denia sobre o pedido da rainha, ele a repreendeu por tê-lo concedido sem antes consultá-lo. A rainha deveria continuar reclusa e louca. O menor lampejo de lucidez deveria ser sufocado e silenciado.

O marquês foi vê-la na cela e encontrou-a repetindo para si mesma que queria dormir para sempre. Isso o tranquilizou, aquela mente ainda estava longe de recobrar a razão; no entanto, ficou surpreso ao ver que o carisma de Joana permanecia intacto. Ela não sabia que era o filho Carlos, na verdade, o responsável por sua clausura.

Com toda a gentileza, o marquês lhe pediu de volta a agulha, porém Joana, sagaz, disse a ele que a havia perdido. Nos dias seguintes ainda recorreu a ela, mas a ponta afiada não correspondia a seus desejos de escape. No fim, já que seu amor por Filipe não a recompensara e a vida se recusava a deixá-la, decidiu entregar-se à concretude de seu próprio tempo, assumindo suas responsabilidades e gozando de seus privilégios. O primeiro passo era ver o pai e reunir as pessoas importantes que sempre lhe haviam sido fiéis, a fim de preparar seu retorno à vida pública.

— Para isso, exijo ser vestida como uma soberana. E, se não

fizerem o que ordeno, mandarei executá-los — ameaçou o marquês de Denia.
O marquês entrou no jogo e em seguida desapareceu de vista.

Assolados por anos de calamidades, fruto da avareza dos flamengos, os sofridos castelhanos teriam preferido ficar à mercê dos caprichos de uma rainha louca do que sob a tirania daqueles desalmados. Joana, por mais insana que estivesse, não seria capaz de arruinar ainda mais o país, e, mesmo que pudesse, não o teria feito por mesquinhez, mas pelo amor louco a um morto. Sobre Joana corria tamanha lenda que, por incrível que pareça, superava sua própria existência conturbada. Essa lenda inefável era precisamente o que, aos olhos do povo, a elevava acima de seus mesquinhos contemporâneos.

Joana representava o amor abnegado, a vontade indomável, a resistência passiva e o delírio da imaginação, qualidades perigosas, porém admiráveis e insólitas. Os castelhanos intuíram que sua rainha era mais uma vítima, como eles, das manobras do filho; chegou um momento em que sua paciência se esgotou, e eles organizaram uma revolta armada na cidade de Toledo contra o rei ausente e seus ministros indesejáveis. A Toledo logo se uniram Segóvia, Zamora, Madri, Guadalajara e Toro. O desprezado povo castelhano explodiu com violência contra os abusos do rei e de seus amigos flamengos. Paradoxalmente, nessa mesma época, Carlos — à custa do ouro espanhol — derrotava seus duros oponentes pelo trono germânico, realizando o sonho dos Habsburgo de um império universal. Assim, ele jamais poderia imaginar que o espectro da mãe demente se converteria no estandarte do sofrido povo castelhano, e que, aos gritos de "Viva a rainha louca!", essa turba exterminaria sem piedade os poucos governantes que haviam ficado na Espanha, não tendo comparecido à festa de coroação do monarca.

Os *comuneros*, como ficaram conhecidos os revolucionários, foram a Tordesilhas a fim de libertar a rainha do diabólico marquês de Denia. Foi difícil para eles reconhecer naquela figura magra e esfarrapada a filha da ilustre Isabel. É impossível descrever a perturbação que sentiram ao ver com os próprios olhos o estado em que Fernando e Carlos vinham mantendo a rainha. Joana não sabia, por determinação expressa de Carlos, sobre a morte do pai; tampouco que o filho era herdeiro de Maximiliano da Áustria, ou que este havia morrido. Muito menos podia supor que a invasão estrangeira, além de usurpar o governo, havia zombado da honra de seu povo e dizimado sua economia. Eram acontecimentos demais ao mesmo tempo, mas, para surpresa geral, a rainha não ficou desconcertada, e demonstrou, inesperadamente, coragem e boa disposição. Os *comuneros* lhe entregaram o governo e ela o aceitou.

Pediu perdão por seu lamentável esquecimento e renegou o falecido pai e o filho por terem sido tão cruéis com ela e com o povo.

Carlos estava em Frankfurt quando recebeu a notícia do levante popular e do restabelecimento de Joana à Coroa de Castela. Em uma carta incendiária, cheia de repreensões, sua mãe lhe explicou a situação: se voltasse à Espanha, a justiça cuidaria dele e decidiria, como já fizera com todos os seus escolhidos, o futuro que merecesse. Carlos ficou enfurecido e ameaçou de morte a própria mãe e todos que a apoiassem, mas o tempo o convenceu de sua própria arrogância e ele acabou se resignando ao exílio.

(Joana, que no fim das contas era uma mãe amorosa, permitiu que ele regressasse depois de um tempo. Nessa época, Carlos já estava arrependido de seus erros e se retirou para o mosteiro de Yuste, onde professou a ordem dos jerônimos, terminando seus dias com ares de santo.)

Em Castela, após a limpeza de sua honra com sangue, iniciou-se uma época mais afortunada, sob os auspícios da rainha Joana e de seu esposo Filipe, que, embalsamado, presidia o trono junto dela.

— No fim das contas, ele conseguiu o que desejava, que era vestir a coroa de Castela — confessou a rainha nas cortes acerca do rígido consorte. — Embora, para sua infelicidade, ela lhe sirva apenas de ornamento.

O povo todo e as cortes aceitaram aquele rei inerte; respeitaram e adoraram sua rainha, que, nos assuntos do governo, demonstrou inusitada astúcia e inteligência. Ao fim, Joana vivia uma existência digna de um ser humano. Soube se acostumar à passividade de Filipe e dedicou todos os seus esforços para recuperar o bem-estar e a riqueza de seus súditos. A história lhe dedica páginas gloriosas e a distingue de todas as presenças femininas de seu tempo, convertendo-a no símbolo de tudo que há de sublime e irracional na alma espanhola.

O último sonho

No sábado, quando saio para a rua, descubro que faz sol. É o primeiro dia com sol e sem minha mãe. Choro por debaixo dos óculos. Ao longo do dia isso se repetirá várias vezes.

Depois de não ter dormido nada na noite anterior, caminho como um órfão até encontrar um táxi que me leve à casa funerária Tanatorio Sur.

Embora eu não seja o típico filho generoso em visitas e gestos carinhosos, minha mãe é uma personagem essencial em minha vida. Não tive a delicadeza de incluir seu sobrenome em meu nome público, como ela gostaria. "Você se chama Pedro Almodóvar Caballero. Que história é essa de colocar só Almodóvar?!", ela me disse certa vez, quase com raiva.

As mães sempre jogam seguro. "Há quem pense que os filhos são coisa de um dia. Mas demora muito. Muito", dizia Lorca. As mães tampouco são coisa de um dia. E não precisam fazer nada de especial para serem essenciais, importantes, inesquecíveis, didáticas.

Eu aprendi muito com minha mãe, sem que eu ou ela percebêssemos. Aprendi algo essencial para meu trabalho: a diferença entre ficção e realidade, e como a realidade precisa ser completada pela ficção para tornar a vida mais fácil.

Lembro-me de minha mãe em todas as fases de sua vida; a mais épica, talvez, tenha sido a que ocorreu em uma cidadezinha na província de Badajoz, Orellana la Vieja, uma ponte entre os dois universos em que eu vivia antes de ser engolido por Madri: La Mancha e Extremadura.

Embora minhas irmãs não gostem de recordar, nesses primeiros passos *extremeños* a situação econômica da família era precária. Minha mãe sempre foi muito criativa, a pessoa com mais iniciativa que já conheci. Na Mancha, diriam que era "capaz de tirar leite de pedra".

A rua onde fomos morar não tinha luz, o chão era de barro e era impossível deixá-lo limpo, porque com a água tudo logo virava lama. A rua era distante do centro da cidadezinha, surgira em um terreno rochoso. Acho que as meninas não conseguiam caminhar de salto alto nas rochas escarpadas. Para mim aquilo não era uma rua, parecia mais um vilarejo de algum filme de faroeste.

Morar ali era difícil, porém barato. Em compensação, nossos vizinhos se mostraram pessoas maravilhosas e muito hospitaleiras. Eram também analfabetos.

Como forma de complementar o salário que meu pai recebia, minha mãe começou um negócio de leitura e escrita de cartas, como no filme *Central do Brasil*. Eu tinha oito anos, e em geral era eu quem escrevia as cartas, e ela quem lia as que nossos vizinhos recebiam. Mais de uma vez aconteceu de eu resolver prestar atenção no texto que minha mãe estava lendo só para descobrir, com espanto, que não correspondia exatamente ao que estava escrito no papel: minha mãe inventava parte do que lia. As vizinhas não sabiam disso — porque aquilo que ela inventava era sempre um prolongamento daquelas vidas — e ficavam encantadas após a leitura.

Depois de constatar que minha mãe nunca se atinha ao texto original, um dia a repreendi a caminho de casa. "Por que você leu aquilo, que ela pensava tanto na avó, que sente saudades de quando ela a penteava na porta da rua, com a bacia cheia d'água? A carta nem sequer mencionava a avó", protestei. "Mas você viu como ela ficou feliz?", minha mãe respondeu.

E ela tinha razão. Minha mãe preenchia os vazios das cartas, lia para as vizinhas o que elas queriam ouvir, às vezes coisas que o autor provavelmente já tinha esquecido, mas que assinaria com prazer.

Essas improvisações foram uma grande lição para mim, pois estabeleciam a diferença entre ficção e realidade, e mostravam como a realidade precisa da ficção para ser mais completa, mais agradável, mais habitável.

Para um narrador, essa lição é essencial. Fui entendendo isso com o tempo.

Minha mãe se despediu deste mundo exatamente como gostaria. E não foi por acaso, ela que decidiu, fico sabendo hoje mesmo, na funerária. Vinte anos atrás, minha mãe disse à minha irmã mais velha, Antonia, que havia chegado o momento de deixar a mortalha pronta.

"Fomos à rua Postas", minha irmã me conta diante do cadáver de nossa mãe amortalhada, "para comprar o hábito marrom de santo Antônio e o cordão." Minha mãe também disse que queria a insígnia de santo Antônio presa no peito. E os escapulários de Nossa Senhora das Dores. E a medalha de santo Isidoro. E um rosário entre as mãos. "Um dos antigos", ela especificou para minha irmã, "os bons ficam para vocês" (incluía minha irmã María Jesús). Elas também compraram uma espécie de xale preto para cobrir a cabeça, e ele agora desce pelas laterais até a cintura.

Perguntei à minha irmã o significado do xale preto. Antigamente, as viúvas usavam um xale de gaze preta bem trançada para demonstrar sua dor. Conforme o tempo passava e a dor diminuía, o lenço ia ficando mais curto. No começo, chegava quase até a cintura, e, no final, ia somente até os ombros. Essa explicação me fez pensar que minha mãe queria ir embora oficialmente vestida de viúva. Meu pai morreu há vinte anos, mas evidentemente não houve nenhum outro homem ou marido em sua vida. Ela também deixou claro que queria estar descalça, sem meias nem sapatos. "Se amarrarem meus pés", disse à minha irmã, "você trate de desamarrá-los antes de me colocar no túmulo. Quero poder entrar rapidinho aonde eu for."

Pediu também uma missa completa, não apenas o responsório. Assim fizemos, e o vilarejo inteiro (Calzada de Calatrava) veio nos dar a *cabezada*, que é como se diz ali "dar os pêsames".

Minha mãe teria gostado da quantidade de buquês de flores que havia no altar, e da presença do vilarejo todo. "O vilarejo todo veio" é a nota máxima que esse tipo de evento pode receber. E assim foi. Quero agradecer daqui: obrigado, Calzada.

Ela também teria se sentido orgulhosa de como meus irmãos Antonia, María Jesús e Agustín se prestaram ao papel de perfeitos anfitriões, tanto em Madri como em Calzada. Eu me limitei a me deixar levar, com a vista embaçada e tudo ao meu redor fora de foco.

Apesar do marasmo de viagens promocionais em que vivo (*Tudo sobre minha mãe* estreia agora em quase todo o mundo, e ainda bem que decidi dedicar o filme a ela, como mãe e como atriz; hesitei muito, porque nunca soube ao certo se ela gostava dos meus filmes), por sorte eu estava em Madri a seu lado. Duas horas antes de "tudo" acontecer, Agustín e eu entramos para vê-

-la na meia hora de visita permitida na UTI, enquanto minhas irmãs aguardavam na sala de espera.

Minha mãe estava dormindo. Nós a acordamos. O sonho devia estar muito agradável, e tão envolvente que não a abandonou, embora ela falasse conosco de modo perfeitamente lúcido. Perguntou-nos se havia alguma tempestade naquele momento e dissemos que não. Perguntamos como ela estava, e ela disse que muito bem. Perguntou a meu irmão Agustín sobre os filhos dele, que acabavam de voltar de férias. Agustín disse que estariam com ele no fim de semana e que jantariam juntos. Minha mãe perguntou se ele já tinha comprado as coisas para o jantar e meu irmão disse que sim. Quanto a mim, falei que dali a dois dias precisaria ir à Itália para promover um filme, mas que se ela quisesse eu poderia ficar em Madri. Ela disse que eu deveria ir e fazer tudo o que fosse preciso. O que a preocupava em relação à viagem eram os filhos de Tinín. "E os meninos, com quem vão ficar?", perguntou. Agustín disse que não iria comigo, que ficaria, o que a deixou contente. Então apareceu uma enfermeira que, além de nos dizer que o tempo da visita havia acabado, avisou minha mãe que traria a refeição. Mamãe comentou: "Essa comida não vai fazer grande coisa no meu corpo". O comentário me pareceu bonito e estranho.

Três horas depois, ela morreria.

De tudo o que ela disse nessa última visita, o que mais me marcou foi quando nos perguntou se havia uma tempestade lá fora. Aquela sexta-feira foi um dia ensolarado, e parte da luz entrava pela janela. A que tempestade minha mãe se referia em seu último sonho?

Pedro Almodóvar Caballero

Vida e morte de Miguel

Alguns familiares e futuros amigos comparecem ao nascimento de Miguel. Todos observam atentos enquanto o coveiro executa seu trabalho sem pressa. O rosto dos mais próximos expressa a resignação e a dor naturais em se tratando de acontecimento tão triste. Miguel, todos sabem seu nome, nascerá em circunstâncias trágicas. Todos os presentes também sabem disso. Desde o primeiro momento é possível saber o tempo que a vida do recém-nascido irá durar. Conforme as imprevisíveis regras da natureza, a vida é um período limitado cuja extensão é conhecida desde o nascimento. Os documentos com os quais cada indivíduo nasce, que aparecem espontaneamente em qualquer lugar, deixam clara a data em que o ciclo de sua vida terminará. Para alguns é antes, para outros, depois, e nessa decisão ninguém intervém, apenas o acaso. Esse é um dos grandes mistérios da vida. A idade do recém-nascido está relacionada a seus limites, o do começo e o do fim. Por exemplo, uma pessoa que tenha nascido com quarenta anos de vida dirá, depois de seu primeiro aniversário, que vive há um ano e que faltam trinta e nove para sua morte.

Miguel ainda não foi visto, o coveiro é lento. Pelo que se tem falado dele, parece que nascerá bem jovem. A mãe sabe disso e mal consegue conter as lágrimas. Das profundezas do fosso surge o caixão de madeira em que ele está. Como de costume, sem vontade ou energia, os familiares jogam um punhado de terra como saudação àquele que vai nascer. Os pais choram amargamente, uma das tias tenta animar a mãe dizendo clichês.

— Não importa como seja a vida dele, não vai durar para sempre; ao final ele terá, como todos, uma morte libertadora.

— Sei que meu filho, coitadinho, nascerá de forma trágica — a mãe se queixa, desconsolada.

— Não pense nisso agora — a tia insiste.

A mãe se lamenta entre gemidos:

— Nascer tão jovem assim... Miguel nunca fez mal a ninguém.

Os homens encarregados do desenterro extraem com o auxílio de cordas o caixão que contém Miguel: essa é a primeira fase do parto. O sacerdote termina a cerimônia com algumas orações, desejando felicidade a ele na vida futura, e os amigos da família tomam o caixão pelos ombros e o levam para o carro funerário que por sua vez o levará à sua casa.

Os pais, alguns tios, Elena — futura amiga íntima e a pessoa que mais sabe das circunstâncias de seu nascimento — e outros amigos da família se dirigem em seus carros à casa dos pais. Lá, começam as despedidas, tentam encorajá-los e oferecem ajuda para o que precisarem. A mãe os observa, desorientada, não entende a que tipo de ajuda se referem, e eles também não, mas é uma fórmula que todo mundo usa, como se fosse um ritual. Apenas Elena, a futura amiga, e a tia permanecem lá.

Os funcionários da funerária depositam o caixão no quarto

e tiram a tampa. Já é possível contemplar o corpo marmóreo e rígido de Miguel.

Alguém bate à porta, é uma senhora que pede para falar com a mãe...

— Neste momento ela não poderá atendê-la — diz Elena, que foi abrir.

— Eu imagino — diz a senhora —, mas vou explicar: tenho um apartamento para alugar, ultimamente estava vazio, e hoje, de repente, encontrei-o cheio de livros, roupas e objetos que, devido a suas características, pertencem a um homem jovem. Procurei a documentação e aqui está, depois supus que se tratava de um nascimento. O endereço dos pais consta também. Se você quiser vir buscar alguma roupa, ou o que precisarem...

— Imagino que, se tudo o que a senhora encontrou for do Miguel, ele irá morar nesse lugar. Vou só buscar algumas roupas. Mas deixe-me ver os documentos, porque pode se tratar de outro nascimento.

Elena lê tudo.

— Sim, é ele mesmo, de fato. Ele se chama Miguel. Se a senhora encontrou o quarto ocupado de repente, então ele já deve estar para nascer.

— Eu te conheço — diz a mulher.

— Sim, acho que já nos cruzamos.

— Bem que percebi. Precisam de algo mais?

— Não, obrigada, agora é só esperar. Obrigada pelo aviso.

Elena volta ao quarto onde velaram o corpo de Miguel. Há quatro candelabros em torno do caixão destampado. A mãe comenta:

— Tão jovem! Parece adormecido e meio surpreso e assustado. Tadinho do meu filho! As coisas dele ainda não apareceram?

— Já — Elena responde —, acabou de vir uma senhora que me disse onde Miguel vai morar depois de nascer.

— Então ele não vai morar com a gente? — a mãe pergunta, decepcionada.
— Não.
— Quanto tempo ele vai viver?
— Vinte e cinco anos. Olhe aqui.

A mãe pega apressadamente o documento que Elena lhe estende, onde estão determinadas as datas de nascimento e morte de Miguel.

— Eu gostaria de ir ao apartamento, ver como ele vai viver nos primeiros dias — diz a mãe.

— Não dá tempo — retruca a tia —, e você não tem nada o que fazer por lá. Temos de nos apressar, já deve faltar muito pouco para ele nascer.

Como de costume, é preciso velar o futuro ser. Elena e os familiares que chegaram se revezam no velório. O tempo se arrasta, pesado, a noite parece interminável. No dia seguinte, um pouco mais descansados, embora não tenham dormido, os que ainda estão na casa dos pais se preparam para a última e inevitável etapa do nascimento.

O corpo de Miguel, vestido, não exibe nenhuma particularidade.

— O que será dele, vinte e cinco anos apenas! — a mãe grita de repente.

— Vamos despi-lo — diz a tia — e vesti-lo com as roupas que mandaram do apartamento dele. Não parece haver sinais de violência, e nessa idade é raro alguém nascer por causa de uma doença... A expressão no rosto dele dá medo.

Uma expressão de espanto e de dor.

— Sim, coitadinho! Vamos despi-lo — a mãe soluça.

Tiram com cuidado a roupa escura de Miguel, e descobrem a ferida no peito causada por um disparo. Elena já havia contado à tia alguns detalhes trágicos do nascimento, mas de um modo confuso. A mãe chora diante da ameaça certa que pesa sobre o filho. Tem a intenção de dizer algo, mas a impotência frente à tragédia despedaça seu coração.

— Mulher, felizmente nem tudo vai ser assim — a irmã tenta animá-la. — Depois da tragédia com certeza ele vai ter momentos de felicidade e de prazer na vida. Apesar dessa expressão, é um rapaz lindo. Puxou ao pai.

Depois de o despirem, lavam-no e deixam-no no quarto sozinho. O final da parte mais dolorosa se aproxima. Resta apenas o fato consumado do nascimento real. No caso de Miguel, por conta de sua juventude e da ferida que exibe no peito, supõe-se uma primeira etapa difícil para ele, mas para seus familiares a vida continuará de outro modo, a dor de hoje desaparecerá, e no fim das contas restará uma inquietação mais ou menos profunda pelo destino de Miguel.

É difícil saber com antecedência detalhes concretos de seu futuro próximo, mas, tomando como base as condições de seu nascimento, é possível prever seus efeitos naturais, e as circunstâncias que envolvem o de Miguel não são tranquilizadoras. Essa ferida no peito prenuncia um disparo que o fará nascer em breve, mas não se sabe onde ocorrerá. Falta pouco tempo para que a bala que provocará seu nascimento seja disparada. Por mais que limpem o sangue do peito, ele está cada vez mais vibrante. Para aqueles que acompanham os pais, a espera parece eterna, e cada um decide ir para sua própria casa, inclusive a jovem Elena.

A mãe está arrasada. Por fim chegam uns homens para buscá-lo, e no instante da separação ela grita, em desespero: "Não, não, Miguel, não". Ela sabe o que vai acontecer: os homens estão levando seu filho para que ele nasça depois de tomar um tiro. A negação da mãe mostra sua impotência absoluta; ela não pode fazer nada para evitar o trágico nascimento. O sangue da ferida começa a brotar aos borbotões. Os homens carregam o corpo inerte, formando um cortejo fúnebre à deriva. Caminham pela rua onde moram os pais de Miguel, atravessam um parque empoeirado, andam sem rumo, guiados pela intuição — como se estivessem hipnotizados ou em transe —, durante vinte minutos, até que o cadáver cai de suas mãos no chão e com um movimento estranho se levanta. Quando consegue ficar completamente na vertical, os braços abertos como se dançasse, dá um grito horripilante; é o grito que todos esperavam, o grito iniciático que demonstra que Miguel está vivo. Os homens que o carregaram vão correndo para um bar próximo. Tudo isso acontece em questão de segundos.

Um homem um pouco mais velho que Miguel, com o rosto tomado pelo ódio, atira com uma pistola da outra calçada (junto à porta do bar onde os homens que transportaram Miguel até ali acabam de entrar).

Miguel acaba de nascer, dá seus primeiros passos semiconsciente. A ferida no peito desapareceu de súbito. Ele começa agora a vida com a certeza de que algo fatal lhe acontecerá, e de que não terá tempo nem forma de evitá-lo. Na esquina adiante, o homem que atirou grita para ele:

— Largue ela!

"Quem será, por que está gritando assim comigo se nem o conheço?", Miguel se pergunta, incomodado por ter tido uma primeira experiência de vida tão violenta. Por que aquele homem está gritando com tanta hostilidade? Miguel se aproxima e o ameaça:

— Se continuar assim, vou mandar te prenderem!

— Você não vai ter tempo. Se não a soltar, estou disposto a acabar com você — diz o homem, apalpando nervosamente a pistola ainda quente no bolso.

Miguel, recém-chegado a este mundo, sem qualquer experiência, pensa que relação pode ter com aquele indivíduo, uma vez que não o conhece. Não se importa com as ameaças, mas a ideia de ter de fazer algo para resolver a situação o perturba. Apesar do ódio que o sujeito manifesta, não tem nada contra ele e não quer responder da mesma maneira. Provavelmente é apenas um equívoco, de modo que resolve se conter.

— Acalme-se, você não sabe o que está dizendo.

— Largue ela, vá embora. Ela nem é tão importante assim para você, você tem outras coisas, eu só tenho ela — o homem grita, suplicante e com menos veemência que no começo.

Miguel tenta dizer que não o conhece, que não se importa com os assuntos dele, que acabou de nascer e está completamente sozinho; mas vê o homem tão agitado que não tem coragem.

— Do que você está falando, cara? Não te conheço. E a que mulher você se refere?

— Você sabe muito bem! A Elena, é claro!

— Elena?

Lembra-se vagamente de quem é Elena, mas começa a aprender a fingir. Embora ainda se sinta ameaçado, pois a pistola segue no bolso da calça do desconhecido, tem menos medo que no começo. Além disso, recorda ter visto aquele homem em uma foto. Conforme o tempo passa, sente-se mais dono da situação e começa a entender a que seu assassino se refere.

— Você está maluco! — diz Miguel, querendo se livrar dele.

— Largue ela, estou avisando que estou disposto a qualquer coisa!

Tempos atrás o desconhecido foi namorado de Elena. Chama-se Eusebio. Nos dias anteriores ao nascimento, ela o havia repreendido tantas vezes por ter sido a causa que, para Eusebio, atirar em Miguel tornou-se algo inevitável. Quando o viu na outra calçada, transportado por quatro homens que o depositaram no chão, uma força interior e irresistível o levou a empunhar a pistola e disparar. É impossível termos certeza de nossas ações futuras, mas, se todas as circunstâncias nos impõem determinada obrigação, não há como recusá-la, é algo maior que nós mesmos; a vida utiliza os indivíduos como peças através das quais se desenvolve. Tudo isso, por conta de sua curta estadia entre os vivos, Miguel desconhece.

— Estou disposto a qualquer coisa! — Eusebio volta a ameaçar.

Muito mais tranquilo, embora sem razão alguma para isso, Miguel adota um tom condescendente para se livrar de Eusebio.

— Se sua mulher o abandonou, não importa com quem foi, você precisa esquecê-la e encarar os fatos.

— Não quero esquecê-la!

A conversa acaba se tornando um diálogo desconexo e Miguel começa a ficar entediado. Tudo que deseja é beber algo no bar ao lado e se livrar de Eusebio, de modo que acaba lhe dando razão para se safar dele.

— Sim, vou embora com a Elena — ele diz, embora sequer a conheça.

E, com essa confirmação, Miguel dá por encerrada a conversa.

— Ou seja, você reconhece o que fez — diz Eusebio.

— Reconheço que não a conheço. Cara, é o seguinte, eu acabei de nascer, você já me viu, e embora minha mente funcione de maneira objetiva (a propósito, não sei que diabos isso quer dizer), ainda tenho dificuldade para agir.

Mas Eusebio não quer entender nada do que ele diz. A estranha certeza de que Elena o traiu com Miguel o tortura.

Eles entram no bar ao lado. Os carregadores de Miguel estão sentados a uma mesa jogando dominó, mas não lhe dirigem a palavra, é como se não o conhecessem. Miguel está tranquilo,

quer evitar Eusebio, que o segue como um cachorro. De repente, ganha tal confiança em si mesmo que diz a ele sem rodeios:
— Sim, é verdade, vou embora com ela.
— Eu precisava ouvir de você — Eusebio responde.
— Então pronto, já ouviu.
— Elena me disse que vocês iam sair do país, mas não acreditei.
Eusebio desmorona. Está quase chorando. Miguel vê o volume da arma no bolso da calça.
— Você tem uma arma? — pergunta.
— Sim — responde Eusebio, surpreso consigo mesmo.
— Para quê?
— Não sei.
— Você vai me deixar em paz de uma vez por todas? — Miguel pergunta calmamente, enquanto pede uma cerveja no balcão do bar.
Eusebio vai embora em seguida, olhando a todo momento para trás, como se à procura de alguém.
Depois de terminar sua bebida, e tendo o dia todo pela frente, Miguel pensa no que acaba de lhe ocorrer com o desconhecido, e por pura curiosidade decide que gostaria de conhecer a tal Elena, que parece ser a causa da loucura de Eusebio.
Vai para a rua e passeia alguns minutos sem rumo. É esse o modo de passear dos habitantes da cidade. Para ao acaso (a única regra que dita a vida dos que ali vivem) diante de uma casa. Toca a campainha, hesita por um momento. Talvez esteja sendo ousado demais, mas é jovem, não sabe o que é ousadia. Uma senhora abre para ele, que pergunta por Elena. Para sua surpresa, uma mulher muito bonita aparece e o convida a entrar. Ela o trata com familiaridade, e Miguel se sente muito confortável em sua presença, como se a conhecesse há tempos. A única coisa de que pode falar é de seu lamentável encontro com Eusebio. Do

tiro e de sua conversa tensa até entrar no bar. E da maneira como Eusebio foi embora, olhando para trás como se procurasse alguém entre os clientes. Um olhar de louco.

Sem saber por quê, chama-a de Elena, e, como ela não diz nada em contrário, continua falando como se ela fosse a mulher a que Eusebio se referia. Pela reação dela, comprova que os temores e as acusações do desconhecido não eram assim tão infundados.

"Então era mesmo verdade", ele pensa.

Elena interrompe seus pensamentos, agitada.

— Tenho medo do Eusebio, ele é tão agressivo que receio que cometa alguma loucura. Você não sabe como ele ficou quando eu disse que nós íamos embora. Não entendo, faz meses que ele mora na casa dele e eu na minha. Desde que ele voltou da Alemanha não moramos juntos um só dia...! Mas para ele é como se tudo continuasse igual.

— Não se preocupe, vamos partir o quanto antes. Depois que estivermos longe, ele se esquecerá de nós com mais facilidade.

Como Elena parece de fato preocupada, Miguel vai na onda dela. De todo modo, gosta daquela mulher e se deixa levar por seus instintos jovens, sem refletir a respeito. Seu futuro é uma página em branco, a coisa mais confortável a fazer é avançar ao sabor das circunstâncias, caso se identifique minimamente com elas. É bem verdade que não conhecia Elena, mas a primeira impressão não poderia ter sido melhor; eles interagem como velhos amigos, e o curioso é que a mútua e imediata química entre os dois não surpreende nem um nem outro. Se ela quer que eles partam juntos, Miguel não criará dificuldades. Se ela se joga em seus braços e o beija apaixonadamente, quem é ele para contestar? Inclusive desejava que isso acontecesse. Elena diz que eles precisam ir embora o quanto antes, que não gostou nada do que acabou de acontecer entre ele e Eusebio. Miguel se deixa levar. É muito agradável deixar-se levar por aquela bela mulher. Desde que nasceu, Miguel percebe que sua existência tem sido um verdadeiro redemoinho, empurrando-o de um lado para outro sem que ele tenha qualquer controle. Sente-se afortunado por ter encontrado Elena, acredita que a ama e começam a transar desde o primeiro momento.

Depois de um tempo, Elena propõe que eles reflitam sobre o relacionamento e se mudem para algum lugar fora da Espanha. Paris, por exemplo. Miguel não responde, tinha se esquecido de que ela já havia proposto isso.

— É curioso como esqueço rápido tudo o que acontece comigo. Coisas importantes, como irmos morar juntos em Paris.

— Você é uma criança — diz Elena. — Eu tenho quinze anos a mais. É normal que você ache tudo estranho. Em breve você vai se acostumar à efemeridade de tudo. Um dia eu mesma vou sumir da sua vida, e será como se nunca tivéssemos nos conhecido.

— Mas nós nos conhecemos.

— É claro que nos conhecemos. Mas vai chegar o dia em que você topará comigo na rua, provavelmente junto com Eusebio, e nem olhará para a minha cara, porque já terá se esquecido de mim.

— Duvido, Elena. Eu te amo e não penso em me separar, muito menos esquecê-la. Assim que você resolver suas questões com Eusebio, a gente vai embora.

— Não tenho nada para resolver. Ele não está mais na minha vida, mas você tem que tomar cuidado, porque ele ficou muito obcecado por mim.

— Quem é Eusebio? — Miguel pergunta.

— Deixa para lá, esquece.
— Acabei de me esquecer. Será que estou doente?
Elena sorri, condescendente.
— Não. Que coisa para se dizer!

Outra de suas primeiras surpresas é que, de modo espontâneo e sem pretensão, Miguel começa a escrever contos, secos, contundentes e muito vivos, nos quais demonstra uma imaginação exuberante e um estilo depurado. Desde o primeiro momento, esta atividade o arrebata, e é outro dos motivos que o aproximam de Elena, ela é sua primeira e principal leitora, sua crítica e editora. Assim que escreve algo, Elena é a primeira a ler. Demonstra enorme lucidez quando se trata de assuntos relacionados a Miguel, conhece-o muito melhor que ele mesmo. Além da química entre os dois, tanto um quanto o outro se sentem totalmente livres, sem as obrigações de casal. Embora passem quase todo o dia juntos, têm a sensação de que sua relação é imprevista e espontânea, como se fosse nova. Existe apenas a sombra de Eusebio; ele foi para a Alemanha, mas continua se colocando entre os dois, inclusive com mais intensidade que no começo. A cada dia, Elena parece mais inquieta e insegura.
— Preciso falar com ele — ela comenta, preocupada.
— Para quê? Você já deixou tudo bem claro.
— Ele é muito violento. Você não o conhece...
É verdade que Miguel o esqueceu há muito tempo. O nome é familiar porque Elena diz que tem um namorado que mora na Alemanha e se chama Eusebio. Será o mesmo Eusebio? Sua memória é frágil, a de Elena também.

Sem um motivo claro, Miguel e Elena começam a se ver com menos frequência. Seus encontros se tornam mais espaçados; ela, de maneira infundada, sente-se mais ligada a Eusebio, embora ainda deseje a companhia de Miguel. Pouco tempo depois, passam a se ver apenas por acaso, sem terem marcado, quando se encontram com amigos em comum, e desfrutam bastante desses encontros. Não falam do passado, nem se recordam com nostalgia da época em que tinham uma relação muito próxima e planejavam morar juntos em Paris. Também não é que tenham desistido desse propósito, é como se ele nunca houvesse existido.

Com sua pouca experiência, Miguel começa a entender que o presente domina tudo. Ao redor do presente há uma espécie de nebulosa, antes e depois, na qual ainda existe a memória. E somente isso, uma nebulosa que amplia o presente para a frente e para trás em apenas alguns dias.

Obviamente, Elena não voltou a falar de abandonar Eusebio, e Miguel sequer pensa nisso. Seus encontros são muito escassos, e quando acontecem eles se tratam como desconhecidos a quem o outro até parece simpático.

Um dia, na casa de amigos, Miguel encontra um livro de contos escrito por um autor com o nome igual ao dele, Miguel Castillo. Na orelha, descobre seu próprio retrato, folheia o livro, e seu conteúdo lhe parece familiar.

— Sou eu? — pergunta ao dono do livro.

— É claro. Já te falei que adorei e estou esperando o próximo.

Miguel olha para ele, atônito. Como pôde se esquecer disso? É escritor, começou a escrever espontaneamente pouco depois de nascer. E continuou fazendo isso até este momento.

Basta ler um dos contos para se convencer de que, embora escreva com a mesma paixão que no começo, o resultado é inferior ao dos contos do livro. Essa perda lhe parece uma fatalidade. Desde que nasceu, a literatura tem sido sua atividade mais importante, e, embora isso não tenha diminuído com o tempo, sua habilidade em nada se desenvolveu, muito pelo contrário.

Miguel é jovem demais para entender que o senso de perfeição é inverso à passagem do tempo. Apesar disso, continua a escrever com o mesmo encantamento.

Nas estantes de casa, procurando uma obra de Pessoa, encontra dois volumes de seu livro. Não sabia que os tinha. Cada vez estranha menos quando pensa no que sua vida foi até então; já se esqueceu de Elena quase por completo: uns dias antes a viu e não a reconheceu; seus amigos tampouco se lembravam de sua antiga relação, e a apresentaram a ele como se fosse a primeira vez que se viam.

Depois dessa apresentação não voltará a vê-la. Não sabe se ela permanecerá em Madri ou se voltará definitivamente para aquele namorado. Não pensa mais em Elena, nem sente sua falta: Elena não existe. Depois dela, teve diversas aventuras, mas nenhuma o marcou de modo significativo. Nada o marca assim. Sente-se órfão e vazio, embora tenha pais que de vez em quando pedem que ele vá morar com eles.

Lê mais de uma vez os contos do livro, é uma sensação maravilhosa reconhecer-se neles. Tenta se lembrar de quando os escreveu e não consegue. As histórias novas não são tão boas como aquelas, e ele não entende por quê, já que se dedica com o mesmo afinco e paixão.

Começa a se acostumar a não entender o que acontece em sua vida, e aprende a aceitá-la assim. Não ganhou muito dinheiro com o livro, mas o fato de ter conseguido publicá-lo o enche de confiança em si mesmo.

Cansado de Madri, e apesar da contrariedade dos pais, vai morar em Londres. Lá, sobrevive com as mais diversas ocupações. Depois de alguns meses, volta a Madri, onde em pouco tempo publica seu primeiro livro. Certo dia se vê de repente na sala de um editor, não tem coragem de perguntar o que aquilo significa para não parecer idiota, apesar de que... talvez com a desculpa de que é uma criança...

— Quantos anos você tem? — pergunta o editor.
— Vinte.
— E com quantos nasceu?
— Vinte e cinco.
— Você ainda é um menino. Com o tempo vai se acostumar a não entender nada. Uma hora você para de tentar. Agora, está na típica idade das perguntas.
— Todo mundo diz isso — queixa-se Miguel.
— Não consigo te explicar coisas tão básicas, como, por exemplo, que para um livro ser publicado primeiro tem que ser lido pelo público, comprado e, só depois, escrito.
— Também é preciso que eu desconheça minhas próprias histórias, e quando e como as imaginei?
— É claro, e não me olhe assim. Embora você seja o autor, não é possível que tenha a consciência simultânea de todas as facetas de suas próprias criações. Logo você vai descobrir quando as escreveu, e como. Tenha paciência, a vida é assim.
— Mas é normal perguntar.
— Sim, mas não espere que as pessoas respondam. Do contrário, passaríamos o dia inteiro te dando explicações.

Miguel está feliz com a edição, o pior é que depois virá o verdadeiro trabalho. Terá que fazer as correções nos contos depois que o livro estiver impresso, mas isso não o incomoda. São trabalhos de que ele gosta, e começa a não se importar com a ordem segundo a qual precisa realizá-los. O passado se torna algo morto, como uma fotografia que não serve de nada quando a olhamos de novo, porque a imagem perdeu a definição por completo e só restam sombras evanescentes.

Miguel vai crescendo, novos interesses substituem os antigos, o desenvolvimento é inevitável, e a última etapa é sempre a mais fascinante, a única fascinante. Consegue trabalho no cinema, como ator, e isso lhe permite se dedicar com afinco ao ofício literário.

Atua durante um tempo em filmes ruins, mas não se importa, não tem qualquer respeito pelo cinema e prefere trabalhar em produtos insignificantes, sem pretensões artísticas. Nessa época, mantém o cabelo bem comprido, e em muitos filmes espanhóis está na moda aparecer de repente uma cena de festa em que os cabeludos dançam como endemoniados. Esses trabalhos lhe garantem a subsistência.

Desde que nasceu, Miguel mora sozinho. Sua família também reside em Madri, mas ele sempre se negou a viver com os pais. No começo, eles pareciam acostumados à sua independência, mas, com o passar do tempo, suas exigências são cada vez maiores, e, embora nunca tenha aceitado dar explicações, isso é cada vez mais difícil. Até que se vê obrigado a rejeitar definitivamente a convivência com eles para continuar se dedicando à própria vida. Depois disso, seus pais saem de Madri e vão viver no interior, para onde o pai foi transferido por conta do trabalho.

Mais livre, embora com menos recursos, Miguel tem diversos namoricos que, apesar da simplicidade, o emocionam; sua crescente ingenuidade o surpreende, suas preocupações são mais imaturas, ao passo que suas ilusões aumentam com o tempo. Seu caráter pessimista persiste com a idade, mas perde intensidade e se torna menos forte e mais suportável; bastam-lhe algumas aventuras pouco interessantes, que quando criança teria rechaçado, para que fique comovido.

Os contos que escreve, como supunha, são cada vez mais fracos, embora ainda guardem alguma semelhança com os de sua infância. A diferença entre uns e outros é abismal, mas ele já abandonou a maturidade do início.

Contempla com estranheza e sem esforço o modo como caminha em direção à ignorância e à falta de consciência.

"Vale a pena continuar?", pergunta a si mesmo. Talvez ele ainda espere por uma surpresa. Em algum momento, começa a pensar que o processo talvez seja reversível e que poderá voltar a ser como antes. Porém, ao observar as pessoas que nasceram antes dele, percebe que ninguém voltou a seus começos, e se convence de que isso não será possível.

— É a lei da vida — alguém diz. — Você tem que aceitá-la como é.

— Isso não é motivo — Miguel protesta.

— Claro que é.

"Embora eu me revolte, faz tempo que fui aceitando tudo."

— A lei da vida.

— Sim. A lei devida — Miguel ousa dizer.

Não quer se ancorar no passado nem ficar obcecado por ele, porque o passado não existe, só existe o presente, e de modo passageiro. Já aprendeu que evocar o passado é inútil.

Dezessete anos, já faz oito desde que nasceu. Seus problemas ainda não acabaram. Os trabalhos esporádicos no cinema acabam e Miguel precisa buscar alguma ocupação para sobreviver e estudar, porque não tem dinheiro. Embora esteja há muitos anos em Madri, percebe que não conhece quase ninguém, sente-se como se tivesse acabado de chegar, com um pouco de medo e impressionado com o tamanho da capital.

Viaja ao interior para visitar os pais; como imaginou, eles fazem todo o possível para que ele fique por lá. Miguel sabe que não pode morar com eles, mas receia que a luta seja inútil. A cada dia se percebe mais ignorante, decide que deve fazer algo para combater o esquecimento, embora já o tenha aceitado há anos como parte da vida; mas algo de sua rebeldia antinatural ainda ferve dentro de si. Nessa época, Miguel fica sabendo que foi aprovado no colegial. E sabe o que isso significa: primeiro te dão o resultado, depois você se vê totalmente envolto na obrigação de merecê-lo. Assim, a família e a cidadezinha o retêm em seu seio.

Madri vai ficando distante, ele sonha em voltar, mas duvida que terá outra chance. O resultado da aprovação escolar surge como uma nova condenação da qual é impossível escapar.

Os pais de Miguel continuam incomodados com sua constante divergência, mas agora o possuem com mais segurança, limitado pelos interesses da idade. Sabem que sua postura não é passageira, como a das outras crianças, mas por sorte a época mais difícil já passou; foi preciso que ele ficasse mais velho para que pudessem obrigá-lo a morar com eles. A vida familiar é um cárcere, sendo o colégio sua extensão.

Lentamente, Miguel vai se despedindo das ideias que o acompanharam durante a infância e a adolescência, e mergulhando no nebuloso período da idade adulta. Fica triste por estar cada vez mais distante de sua meninez e almeja melancolicamente um retorno impossível.

Problemas que ele havia deixado no passado, certo de que eram insondáveis, voltam a surgir com uma dramática necessidade de resolução; e ele se entrega morbidamente a essas obsessões, sem conseguir nada além de uma piedade estúpida e temerosa no caminho que lhe é ditado pelo ambiente religioso do colégio.

Como em todas as épocas da vida, possui apenas dois ou três amigos, com os quais compartilha uma intimidade voluptuosa. Sua atividade literária é quase inexistente, ultimamente escreve apenas coisas doces e tristes; seu interesse em continuar escrevendo arrefece, e ele espera quase com alegria a iminente chegada da velhice, que o eximirá de todas essas pretensões.

Após se formar no ginásio, Miguel resolve ir passar o verão com os tios em um pequeno vilarejo. Teve algumas experiências amorosas ao longo da vida, embora não se lembre muito bem; no entanto, o transcurso deste verão significa para ele a descoberta do sexo. Toda descoberta traz consigo o fim do objeto que a motivou. Depois deste verão, ele não terá senão rascunhos de confusas experiências eróticas.

Tendo já se iniciado o processo de fabricação do passado mais próximo, o período ginasial, suas principais fontes de entretenimento são o cinema e algumas amizades.

Onze anos. Catorze, desde seu nascimento. Miguel se tornou um velho melancólico e solitário, um pouco alheio, como sempre, a tudo que o rodeia. Sua obra literária, se é que pode ser chamada assim, limita-se a alguns poemas sobre a solidão, ou a textos curtos inspirados em sua piedade religiosa. Ele perdeu completamente o senso de valor: nada do que faz lhe parece bom ou ruim. Por sua incapacidade e falta de recursos, Miguel depende totalmente da família. Em seu seio, tudo o que faz é esperar a velhice e a morte.

Ainda sente a centelha de uma inquietação latente, mas já

não tem qualquer pretensão. Seus pais se lembram do menino que ele foi, e a cada dia estão mais contentes com sua insuficiência. A passagem do tempo os tranquiliza, Miguel lhes pertence. A melhor época vai se aproximando, ele também sente isso. Suas preocupações religiosas parecem agora meras fantasias. Ele é um velho sensível, com resultados brilhantes nos últimos anos de estudos, e a cada dia mais carinhoso com a família.

Apesar da idade avançada, continua sendo uma figura especial entre os padres e colegas; suas estranhezas — usa um vocabulário bem artificial e impróprio para a idade —, sua delicadeza em geral e suas inclinações poéticas contribuem para isolá-lo, mas Miguel está acostumado, é algo que sempre lhe ocorreu. É nessa época que ganha um concurso organizado entre os alunos do colégio com um tema comum: a Virgem Maria. Depois disso — uma espécie de invocação poética —, não escreve mais nada. A literatura, como muitas outras coisas, desaparece de sua memória e imaginação. Nem mesmo nessa idade, em que todos os homens que se aproximam da morte se dedicam à prática de jogos e brincadeiras, Miguel participa com eles. Em seu tempo livre, que é abundante, entretém-se mais fazendo qualquer outra coisa. É nessa época que vê os últimos filmes, também. A oito anos de sua morte, aproveita intensamente o cinema, como se intuísse que ele não tardará a desaparecer de sua vida. Mais do que nunca, agora o cinema é para Miguel a outra vida que ele gostaria de viver.

Como costuma acontecer com os pais nesses casos, os de Miguel estão fascinados com sua velhice. Os mais jovens contemplam com alegria enquanto suas faculdades o abandonam, e Miguel se sente só diante da crescente falta de capacidade. Parece que todos os outros, conscientes do que está acontecendo, tentam esconder isso dele, e ao mesmo tempo fazem piada a respeito. Por sorte, a velhice é um período sem compromissos urgentes, cômodo e com poucas exigências. Miguel não se lembra nem vagamente do passado, mas sonha com ele.

Agora precisa dos pais, sua impotência e consequente dependência são a cada dia maiores, mas essa não é a única razão de sua aproximação, seu afeto em relação a eles também cresceu. Não sem surpresa, Miguel percebe que seu desenvolvimento acabou por diminuí-lo fisicamente. Não vai mais à escola e desfruta dessa espécie de despreocupação e irresponsabilidade em que vive. As pessoas também mudaram de atitude em relação a ele. Algumas com as quais não tivera nenhuma relação no passado lhe trazem presentes e fazem carinho. Miguel também se tornou mais carinhoso. Ao seu redor, os amigos dos pais começam a comentar quanto tempo ele ainda tem de vida. Todos pensam em sua morte como um grande acontecimento.

A voz de Miguel foi afinando, e dois anos antes de sua morte ele quase não sabe falar, e precisa se esforçar para entender os demais. Pouco a pouco a vida vai ficando mais sensorial; tudo o que é externo lhe interessa, os sons, as imagens e o movimento o fascinam. Um pouco mais tarde já não consegue articular uma palavra sequer, só de vez em quando emite um grito. Vive fechado em si mesmo e feliz, a mãe se dedica exclusivamente a ele, e Miguel só tem que se deixar ser cuidado, sem precisar corresponder de nenhum modo (nem conseguiria, se precisasse).
Alguns meses antes de sua morte, ele é, como todos os que estão prestes a morrer, um ser diminuto e insignificante. Um pequeno animal. A velhice extrema é como um claustro. Ninguém sabe o que ele pensa, o que sente, mas todos o mimam e fazem gestos estranhos ao vê-lo.
Sua mãe nunca tinha sido tão feliz como agora, pelo mero fato de poder ajudá-lo a morrer. Parece que Miguel lhe perten-

ce, como uma mão ou um braço. A certeza de que a natureza se valerá dela como desembocadura inevitável do filho e sua posterior relação anatômica a fazem pensar nele como parte do próprio corpo.

A hora da morte se avizinha. Alguns dias antes, a mãe adoece, preparando-se para o acontecimento. Fica dois ou três dias de cama, sinal inconfundível da proximidade do fim. Miguel passa o dia todo dormindo ao lado dela, seu único alimento nos últimos meses foi o peito materno. Quando o momento chega, o médico o ajuda a morrer introduzindo-o por entre as pernas da mãe.

Poucos dias depois, ela sai da cama, inchada pela presença de Miguel na barriga. A parte mais dolorosa passou. Pouco a pouco, ao longo de nove meses, Miguel se extingue em seu ventre.

Depois disso, ninguém mais pensará nele.

Confissões de uma sex symbol

Quero escrever um conto, e a primeira coisa que me pergunto é: o que vou contar? Que tema merece minha atenção? E devo reconhecer que tive uma ideia genial. Escreverei sobre mim mesma. Porque, pensei, para que inventar uma personagem se EU MESMA já sou uma, para que imaginar uma história divertida e construtiva se a MINHA já é assim? Ao longo da história da cultura moderna, quase todos os personagens interessantes escreveram sobre si mesmos; Andy Warhol, por exemplo. Tudo o que ele escreveu é sobre ele mesmo ou as amigas. Ou Anita Loos (nunca sei se a pronúncia certa é "Loos" ou "Lus"), que há muito tempo escreveu um diário, que mais tarde se tornou extremamente bem-sucedido, sendo inclusive adaptado para o cinema. E, como ela mesma confessava, nunca acreditou que aquelas páginas, escritas sem a menor pretensão, como as minhas, fossem se tornar o melhor livro de filosofia já escrito por um cidadão americano. Porque parece ser isso que acontece sempre que pessoas interessantes falam sobre si mesmas: o resultado, em vez de um diário ou uma autobiografia, acaba sendo um livro de filosofia. Ocorreu o mesmo com Warhol. Ele escreveu um livro sobre as próprias manias (A *filosofia de Andy Warhol: De A a B e de volta a* A), e todos os críticos concordaram que se tratava de um livro de filosofia. Não importava que falasse de roupas íntimas, glamour, dinheiro ou fama.

Isso me faz pensar que eu, neste momento e quase sem perceber, estou sendo uma garota muito filosófica. E reconheço que estou adorando. Anita Loos inventou um pseudônimo para falar de si mesma: Lorelei. Penso que fez isso porque era baixinha e morena, e gostava de se imaginar como uma loira espetacular e cheia de curvas. Mas eu não preciso me esconder atrás de um nome inventado. Sou Patty Diphusa, e tudo o que fizer assinarei com meu próprio nome. Mas tenho que começar a falar de mim mesma logo, porque, sem perceber, já escrevi meia página e não disse nada.

Como todos sabem, trabalho em fotonovelas pornôs. Segundo a publicidade, sou uma estrela do pornô internacional, uma sex symbol, e acho que eles têm razão. Mas a verdade é que às vezes a publicidade passa uma imagem parcial das pessoas. Pois posso garantir que sou mais do que isso. Do contrário não estaria aqui, diante da máquina, tentando explicar ao mundo como sou.

Quando uma garota é somente aquilo que dizem sobre ela, basta que frequente discotecas e fale de si mesma para os rapazes que tentam seduzi-la, que são os únicos capazes de suportar esse tipo de monólogo. Eu também vou a discotecas e falo com os rapazes sobre A VIDA, mas depois de alguns anos entendi que isso não era o suficiente para mim. E essa descoberta me trouxe algumas inimizades, o que é inevitável. Às vezes, a importância de uma pessoa é medida pela quantidade de inimigas que ela tem.

Por exemplo, outro dia fui a um *casting* e me deparei com Fool Anna, minha principal rival. Essa garota acha que o mundo continuaria muito bem, obrigada, se *eu* desaparecesse. Ela não aguenta me ver ser escolhida como protagonista de todas as grandes fotonovelas pornôs produzidas no país. Acha que deveria ser ela, não eu. E, como é muito neurótica, tamanha injustiça a deixa louca. Porque não apenas sou a favorita do público e dos responsáveis pelos *castings*, como, além disso, a crítica especializada me trata de modo muito afetuoso. Sobre minha última fotonovela, intitulada *O beijo negro*, disseram: "O roteiro é horrível, e a fotografia consegue algo que parecia impossível, isto é, ser pior que o roteiro. Ainda assim, Patty Diphusa está deslumbrante. E se meus roteiros são horríveis, imaginem como não devem ser os que ela precisa aceitar. Puro lixo".

Porém, ainda que pareça imprudente, não sinto nenhum rancor por Fool Anna, e sempre que posso e estou disposta tento ser simpática com ela. Por exemplo, outro dia a encontrei numa festa. Fool Anna tinha tomado uma dessas drogas que fazem a pessoa ficar tagarela e simpática, do contrário não teria me dirigido a palavra.

— Como você consegue esse bronzeado tão perfeito? — ela perguntou.

E eu, que não sou rancorosa, exceto nas ocasiões em que ser rancorosa é divertido, expliquei meu segredo:

— É só passar suco de limão com óleo antes de tomar sol. É tiro e queda.

Quanto a meus segredos, tenho muitos. Não são exatamente segredos, eu os chamaria simplesmente de sabedoria. Sabedoria aprendida diretamente da natureza, muitas vezes. Porque acredito que a natureza é uma professora maravilhosa. Por exemplo, muitas garotas têm problemas com a silhueta e não dormem bem quando se trata apenas de descansar. Eu descobri uma solução para esses dois grandes problemas. Chama-se heroína. Dormir, depois de botar um pouquinho de heroína para dentro, torna-se um verdadeiro prazer. E, se você repetir isso, em poucas semanas, sem perceber, terá perdido muitos quilos, porque uma das virtudes da heroína é a perda de apetite. O problema é que, se você for como eu, uma garota destemida e cheia de ideias, quando acorda e pensa em começar a escrever a vontade vai embora, porque você está tão bem, sabe, para que se preocupar em ficar digitando em uma máquina. Então você prepara um bom suco de laranja e limão, toma alguns estimulantes e, depois de um tempo, pode mergulhar no trabalho como uma histérica.

Mas eu estava falando da minha rival, Fool Anna. No dia seguinte à festa, ela decidiu seguir meu conselho e foi à cozinha preparar a mistura. Como não tinha limões, desceu e foi até o mercado comprar alguns, mas teve uma ideia. Não estava com vontade de ficar espremendo um limão atrás do outro, então pensou que o efeito seria o mesmo se comprasse um concentrado. Assim, evitaria o trabalho de espremê-los. Voltei a encontrá-la alguns meses depois e foi bastante desagradável. Depois de seguir meu conselho, ela desenvolveu uma erupção cutânea que a deixou fora de combate por uma semana. A garota queria me matar, achava que eu tinha falado aquilo só para ferrar com ela. Burra toda a vida, nem cogitou pensar que às vezes a natureza é insubstituível, e que não dava no mesmo usar limões espremidos e um concentrado.

— Um dia vou acabar de vez com a sua raça, vagabunda — ela disse, assim que me viu.

Ao que eu respondi:

— Eu te admiro, Fool Anna. Não existem mais mulheres como você. Mas cuidado, viu, bonitona? Sou madrinha de uma gangue de cafetões (o que é verdade), e seria uma pena que uma mulher como você acabasse estrangulada em um terreno baldio.

A gente tem que ser mais duro com a Fool Anna porque ela é realmente perigosa. É o tipo de mulher que nasceu na Sérvia, no norte da Iugoslávia. Todas essas garotas escondem um segredo enorme, e quando você menos espera viram umas panteras. Quem viu *Sangue de pantera*, de Jacques Tourneur, saberá do que estou falando. E uma pantera não é apenas um enfeite usado para decorar as vitrines das joalherias, uma pantera pode ser um animal muito perigoso se quiser. Por isso mantenho distância de Fool Anna, porque sei que ela me quer morta.

Vocês vão dizer que uma garota como eu precisaria de uns dois guarda-costas. Já pensei nisso mais de uma vez, mas a parte inconveniente de se ter um guarda-costas é que, embora eles sejam muito atraentes, acabam se mostrando muito chatos, e depois da segunda noite você já não tem mais assunto com eles. As pessoas interessantes, não sei por quê, nunca resolvem ser guarda-costas. O dia em que Bette Midler e Carol Burnett virarem guarda-costas é provável que eu as contrate.

Sobre meu último sucesso, *O beijo negro*. Eu tinha ido ao lançamento da fotonovela em Valência, onde tenho muitos admiradores, especialmente entre o público gay, isto é, noventa por cento da província. Foram dois dias cansativos, com muitas entrevistas e jantares. Quando pisei com meus saltos no avião, estava exausta porque, ainda que tivesse tomado muitos estimulantes, não há nada que dê mais sono numa pessoa do que essas comilanças e entrevistas. Assim, resolvi dormir durante o trajeto. Eu já havia fechado os olhos quando um homem sentado a meu lado me perguntou:

— Desculpe, você é Patty Diphusa?

Abri os olhos. Diante de mim, um cavalheiro de uns quarenta anos sorria. Havia muita malhação e muitos milhões por trás desse sorriso. E isso já era suficiente para que eu respondesse.

— Patty Diphusa só há uma. E sou eu.

Em seguida, sem saber como, começamos a travar uma dessas conversas agradáveis que todas as pessoas civilizadas sonham em ter quando estão em trânsito.

— Sou seu fã — ele disse.
E, embora seja comum para mim ter fãs na casa dos quarenta anos, respondi:
— Puxa-saco!
— Imagino que você esteja acostumada a ouvir isso — ele insistiu, com uma humildade que o tornava mais sexy.
— Ninguém se acostuma a esse tipo de coisa. Elogios nunca são suficientes — falei, para que ele se sentisse confortável.
Em seguida, ele me ofereceu um cigarro e continuou falando.
— Compro todas as suas fotonovelas. Sua presença parece trazer alguma coisa diferente ao gênero. Você tem algo muito especial, difícil de encontrar em uma atriz de fotonovelas pornôs.
— Você se refere ao meu talento, à minha beleza — falei, mas ele não pareceu concordar.
— Não sei. É difícil de explicar ao certo.
Eu não queria ser insistente e parecer fútil, mas não aguentaria esse tipo de dúvida sobre meu trabalho.
— Com certeza tem a ver com meu talento e beleza. Ou você acha que eu não tenho nem um nem outro?
— Claro que tem.
Por fim concordávamos.
— O que está fazendo agora? — ele perguntou.
— Falando com você — respondi. É uma piada pouco engenhosa, eu sei, mas há homens que se assustam quando veem uma mulher com cérebro, e, como boa atriz de fotonovelas que sou, sei como e quando tenho de fingir. E, já decidida a ser "engraçada", não hesitei em completar a piada: — E você?
Ele respondeu com uma gargalhada.
— Falando com você — disse, assim que se recuperou do ataque de riso.
Sem sentir o tempo passar, chegamos a Madri.

Desse momento em diante, só duas coisas poderiam acontecer: irmos cada qual para um lado ou prolongar aquele encontro. Mas eu não queria ser quem tomaria a iniciativa, sobretudo por estar cansada, e o cansaço é uma das poucas coisas que pode me fazer não aproveitar um bom partido. A ideia foi dele. Seu carro estava perto, e, depois que ele sugeriu, permiti que me levasse até minha casa. Estávamos na porta, e achei que tinha chegado o momento de facilitar as coisas para ele.

— Você sabe tudo de mim, mas eu...

— Sou um homem de negócios. Um dos fabricantes de plástico mais importantes do mundo — ele respondeu, sem se dar muita importância.

— Plásticos! — exclamei. — Adoro todo tipo de bijuteria.

Eu estava cansada, mas o convidei a me ajudar com as malas. Mesmo numa viagem simples até Valência, costumo levar várias malas de roupa. Então não foi de estranhar que, depois de subir toda a bagagem até minha casa, o cavalheiro estivesse suando.

— Vou descansar um pouquinho aqui, se você não se importar.

Foi esse o pretexto dele para não ir embora. O homem era lento demais para se decidir, depois explicarei por quê.

— É claro — respondi.

A partir daí, tudo aconteceu muito rápido, isto é, se até aquele momento tínhamos falado em demasia, durante as duas horas em que o magnata fez uma pausa comigo não falamos quase nada. Ele esteve muito ocupado homenageando três dos orifícios mais importantes em meu organismo. Não vou contar quais.

As homenagens continuaram nos dias seguintes, sempre que meu trabalho permitia. O magnata me presenteou com quilos e quilos de bijuteria, e eu estava muito agradecida. Mas havia algo entre nós que acabou me entediando. No começo até me dava tesão, mas... O fato é que, depois de nos "divertirmos" por algumas horas, naquele momento em que a gente dorme ou fala ao telefone, ele cismava que precisávamos nos ajoelhar e pedir perdão a Deus pelo que acabáramos de fazer. E foi assim nas primeiras vezes, até que perdeu a graça. E eu disse isso para ele. Então ele confessou que era casado, católico fervoroso, e que sua religião não permitia que fosse meu amigo. Eu disse que, de fato, o melhor era terminarmos.

É muito desagradável, para uma mulher, ver o homem com quem acaba de passar um tempinho bacana se arrependendo disso e prometendo a Deus não voltar a fazê-lo. No entanto, bastou que eu o rejeitasse para que ele aparecesse dois dias depois dizendo que não conseguia viver sem mim. Que, mesmo que seus princípios não lhe permitissem ser meu amante, precisava ao menos me ver. Contemplar minha beleza seria suficiente. Ele inclusive tinha um plano. Seus dois filhos tinham reprovado em geografia e precisavam se preparar para as provas de setembro.

— Por que você não dá aulas para eles? Assim, pelo menos, eu poderia te ver.

— Mas eu não sei nada de geografia — respondi.

O magnata voltou muito triste para casa. Eu fui trabalhar, e, quando o fim de semana chegou, precisava de um descanso. Porque, além do meu trabalho habitual, tinha acabado de gravar um disco, um projeto que, segundo minha amiga Queti Pazzo, será lançado em breve. Queti começou junto comigo nas fotos pornôs, mas tinha sérios problemas para se manter em forma. Tomava tudo que é tipo de anfetamina, e ainda assim mal conseguia controlar o apetite. Hoje em dia, porém, não está nem aí para isso, porque decidiu se dedicar à música e abandonar o pornô. O sexo não significa mais nada para ela. Suas verdadeiras obsessões são a gordura, as drogas leves e o rock. Entre as gorduras, as favoritas são o bacon, as empanadas galegas e a dobradinha.

Quanto às drogas, tudo o que ela faz é ficar me dizendo que as "pesadas" estão muito ultrapassadas, que "a nova moda" são as leves, mas tomadas em nível de overdose. Ou seja, antes de sair de casa ela fuma meio quilo de maconha, e nas boates bebe cerca de três litros de álcool (para ela o álcool também é uma droga leve). Tudo isso junto com frascos inteiros de Minilip, Bustaid e Dexedrina. Embora não queira mais emagrecer, ela continua se enchendo de anfetaminas por puro vício.

Bem, outro dia estávamos em uma discoteca dessas com restaurante em cima, esperando trazerem o segundo banana split de Queti. "Controversy" soava nos alto-falantes, na voz de Prince, e utilizamos a base rítmica da música para começar a improvisar um rap. Era algo como "*Suck it to me. Suck it to me babe. Suck it to me. Suck it to me now. After dinner. Before dinner. After lunch. Before lunch. After breakfast. Before breakfast. After Flan. Before Flan. Suck it to me*" etc. Fomos nos empolgando, e reconheço até que estava ficando bom. Ela decidiu que gravaríamos um single. Lado A deformado pela gordura (referia-se a seu rosto) e lado B afinado pelas drogas (referia-se ao meu). Desde que decidiu ser gorda, Queti não tem a sensibilidade necessária para apreciar uma bela maçã do rosto como a minha. O single se chamaria "Puro lixo", bem simples e genérico.

Bem, quero dizer que durante aquele fim de semana eu não estaria disponível para ninguém, exceto para a heroína. Meu desejo era passar dois dias e duas noites vomitando e dormindo. Vocês sabem como é. Mas o telefone não me deixava em paz. São os inconvenientes de ser uma sex symbol reconhecida, e que além do mais sabe se comportar em público e dizer uma frase com mais de três palavras, se for o caso.

A primeira a ligar foi minha irmã. A filha dela ia fazer a Primeira Comunhão e queria que eu estivesse lá — se não na cerimônia na igreja, pelo menos no almoço nos Salones Hiroshima, onde tinham reservado mesa. Um grupo de feministas queria que eu participasse de uma mesa-redonda sobre os problemas cosméticos da mulher do futuro. Já a Associação de Vizinhas de Prosperidad, que organizava as festas do bairro, queria me oferecer como prêmio ao vencedor da corrida de sacos. Também recebi um telefonema da Associação das Vítimas Espanholas em Nagasaki (os funcionários da Casa Española da cidade, que morreram no bombardeio), que estava organizando um leilão em prol dos familiares das vítimas. Estariam presentes Bárbara Rey, Silvia Aguilar e Adriana Vega, e eles queriam muito que eu animasse o evento com a minha presença. Recusei todos os convites, mas o telefone voltou a tocar. Decidi que era a última vez que atenderia. Ligação de Honolulu. Era Ricardo Morente, filho dos donos do Banco Morente, convidando-me a passar o fim de semana no Havaí.

— Estou cansada, Ricardo — falei.

— Aqui você vai poder descansar o quanto quiser. Moro em um lugar sem igual, você vai gostar — ele disse, na tentativa de me convencer.

Acabei aceitando, mas avisei que só estava a fim de me drogar e dormir. Ele disse que tudo bem. Ricardo Morente era a única pessoa sensível naquela família de banqueiros. Ou seja, era uma bicha. Os pais, percebendo que a situação era irreversível e que Ricardo não tinha nenhuma vontade de viver como um eremita, compraram para ele uma mansão em um lugar isolado, longe dos falatórios de Madri, onde ele poderia viver como bem entendesse sem manchar o nome da família. Pelo visto, Honolulu era longe o suficiente.

Dormi o voo inteiro. No aeroporto, Ricardo me esperava com um empregado italiano (primo de um antigo namorado italiano). Cheguei do mesmo jeito que saí: totalmente chapada. Mas Ricardo celebrava todas as minhas excentricidades, dizia que eu era genial, divina, maravilhosa. E, vindo dele, era um verdadeiro elogio, porque, não sei bem o motivo, os milionários precisam se esforçar muito mais que as pessoas normais para se divertir, especialmente aqueles com vocação artística mas desprovidos de talento.

Pode-se dizer que aterrissei diretamente na cama. Ricardo Morente se empenhava em me mostrar a paisagem e tudo aquilo que faz Honolulu ser tão diferente de Madri. Eu dizia que tudo era incrível. Não sei se ele percebia meu estado fatal.

Assim que cheguei à mansão, instalei-me na cama e comecei a me drogar. Era para isso que eu tinha ido ao Havaí. Apesar de tudo, não consegui evitar de fazer um pouco de social. Acho que me lembro de ter visto, desfilando ante meu olhar perdido de drogada, todos os convidados e empregados da casa. Ricardo é muito democrático com os empregados, que costumam ser tão ou mais atrativos que os próprios convidados, e gozam quase da mesma liberdade de movimentos. Ricardo Morente é ótimo porque, além de permitir que você tenha certa autonomia, dispõe das melhores drogas do mundo.

Fiquei uma semana por lá, e, embora quisesse passar despercebida, vários empregados nativos ficaram loucos por mim. É curioso como às vezes algumas coisas a que não damos tanta importância acabam se tornando importantíssimas. Certa noite, enquanto eu fumava heroína no quarto de Ricardo Morente, ele sacou três gargantilhas de brilhantes falsos e disse para o empregado mais jovem e atraente escolher a que quisesse. No dia seguinte, esse empregado veio ao meu quarto me dar a despedida que eu merecia, e me ofereceu a gargantilha de presente. Não tive coragem de rejeitá-la, nem de explicar que o plástico fica melhor em mim do que o cristal. Ou seja, fiquei com ela e prometi que me lembraria dele quando a colocasse. E assim foi.

De volta a Madri, fiquei sabendo que estavam atrás de mim

para fazer uma fotonovela chamada *Porcas*. Segundo o argumento, eu era uma garota que morava nos arredores de Madri, meu pai tinha uma fazenda de criação de porcos e eu tinha passado a vida toda com eles. Meu pai contratava um rapaz para me ajudar no trabalho e o rapaz se apaixonava por mim, e meu pai pelo rapaz, o que complicava muito as coisas, porque eu não amava o rapaz, só amava os porcos, não conhecia outro tipo de amor. Quando ele resolvia se declarar para mim, eu confessava minhas inclinações animais. E, antes que ele tivesse tempo de se decepcionar, meu pai chegava e dava nele um golpe mortal. Eu fugia, aterrorizada, deixando meu pai com o defunto. Pegava carona com um homem e, após um tempo conversando com ele, chegava à conclusão de que era sua filha; quando pequena, a empregada tinha me vendido, e desde então não sabiam nada dela nem de mim.

Como vocês devem imaginar, esse tipo de história, se não for interpretada por uma boa atriz, acaba desmoronando. Eu era a atriz ideal, mas, como não me achavam, entraram em contato com Fool Anna, e ela estava felicíssima porque, pela primeira vez na vida, ia roubar um papel de mim. Mas ela não teve sorte, porque no último momento souberam da minha volta, e mais uma vez a coitada da Fool quase morreu de raiva. Se eu soubesse o que aconteceria depois, teria dado a ela o papel com gosto. Voltei para casa depois de uma sessão difícil com os porcos, que, embora fossem melhores atores do que eu esperava, nas cenas de amor eram um pouco difíceis. Abri a porta de casa e ouvi um rugido altíssimo atrás de mim. Ao me virar, vi Fool Anna transformada em uma pantera com cara de poucas amigas. Ela começou a andar em minha direção com aquele estilo elegante e ameaçador dos felinos.

— Tenho um presente para você, Fool Anna — falei. — Não me devore até ver o que é.

Entramos em casa e fui direto atrás da gargantilha de falsos brilhantes que o nativo bonitão havia me dado de presente. Preferiria que ele estivesse lá para me defender, mas tinha que me conformar com a inteligência como única arma de persuasão. Com grunhidos que me deixavam arrepiada, a pantera deixou que eu colocasse a joia nela. Olhou-se no espelho e pareceu gostar. Respirei aliviada. Mas aquela seria uma noite animada. Alguém bateu à porta. Abri e me deparei com um homem alto e musculoso, que além de tudo portava uma pistola. Algo me fazia pensar que meus atrativos naturais não seriam suficientes para convencê-lo de que aquilo não era hora de perturbar uma trabalhadora. Com uma das mãos em volta da minha garganta e a outra apontando com a arma para o meu coração, ele disse:

— Onde está a gargantilha?

O medo me paralisava, eu não sabia o que responder. Ele me empurrou para o chão com força. A pantera, assim que ouviu falar da joia, se lançou sobre ele e o traçou em dois tempos. Demorei quatro horas para limpar tudo aquilo.

Dois dias depois o cadáver foi encontrado no terreno baldio para o qual eu o havia levado.

Foi assim que descobri que o bandido trabalhava para os Morente. Ricardo ligou e me explicou o resto da história. Sua avó, que o adorava e o aceitava como era, havia lhe dado de presente uma gargantilha de brilhantes verdadeira. Contra a vontade da mãe, ele a levara para Honolulu, mas antes fizera duas cópias para acalmá-la, dizendo que só mostraria as falsas. Naquela noite, porém, durante minha estadia lá, ele havia mostrado as três para o nativo, sendo uma delas a autêntica, e o deixara escolher qualquer uma. Sem perceber, o nativo escolhera a verdadeira, com a qual depois me presenteara. No dia seguinte à minha volta, Ricardo recebeu uma ligação da mãe, pedindo emprestada a gargantilha para uma exposição de joias da família. Ele descobriu então que tinha dado a verdadeira para o nativo; quando a pediu emprestada, descobriu que o rapaz a tinha oferecido a mim e teve um típico ataque de ciúmes, que nos milionários costumam ser mais histéricos que no resto dos mortais. Ricardo disse à mãe que eu a tinha roubado e pediu que a recuperassem e a devolvessem. Assim, o rapaz que foi morto pela pantera era irmão do antigo namorado italiano de Ricardo M. quando jovem (toda a família italiana do namorado tinha começado a trabalhar com os do Banco Morente), e de modo imprevisível aquilo acabou virando uma enorme intriga internacional. Porque a família do namorado italiano não iria descansar enquanto não vingasse o rapaz assassinado.

Fiquei apavorada. O que eu podia fazer? Sou uma mulher conhecida, encontrável, e estava em um beco sem saída. Tive uma ideia. Liguei para o magnata dos plásticos, levei-o a um hotel e lhe dei a oportunidade de prestar tributo a três dos meus orifícios mais importantes. Antes que ele começasse a se arrepender, bem quando me confessava que estava louco por mim e que eu podia contar com ele para o que fosse, falei:

— Acho que a ideia de dar aulas de geografia para os seus filhos era ótima, mas eu, por conta das circunstâncias que vivi, sou analfabeta. Isso não quer dizer que eu não possa aprender. Que tal você me pagar uma volta ao mundo? Eu aprenderia tudo o que é preciso aprender sobre geografia nos próprios lugares. Foi assim que aprendi o pouco que sei da vida. Eu seria a melhor professora para os seus filhos, porque comigo eles saberiam de coisas que nenhum outro professor de geografia pode ensinar.

Consegui convencê-lo. Fiz com que me comprasse algumas roupas para não ter de ir em casa buscar nada e já estou no aeroporto, disposta a conhecer o mundo.

Imploro a todos os editores de livros, a todos os produtores de cinema, televisão etc. um pouco de paciência para comercializar minhas memórias. Sei que todo mundo já deve estar doido querendo comprá-las, mas preciso viajar um ano pelo mundo para ver se os italianos abandonam sua sede de vingança. Imaginem a quantidade de coisas que podem acontecer comigo depois que eu sair de Madri. Prometo escrever tudo. Porque, ao escrever estas páginas, descobri que adoro ser escritora e filósofa. A carreira de sex symbol drogada cedo ou tarde chega ao fim; no entanto, como escritora (e tendo passado alguns meses numa clínica de reabilitação), posso ser tão longeva quanto a ciência avançada me permitir.

Vou viajar, vou viver e vou escrever. Prometo contar tudo a vocês. Minha vida não tem sentido se não for compartilhada com os outros. Com todos vocês.

Natal amargo

SÁBADO

    Quando me levantei de manhã, fui até a sala e de lá vi Beau no terraço, pés e braços encaixados na Body Treck, aquela máquina infernal. Dava gosto ver a forma como ele dominava o aparelho, os músculos tensos, o abdômen perfeito, braços e pernas fortes e robustos, braços que poucas horas antes haviam me enlaçado na cama. É maravilhoso vê-lo suar e admirar, sem que ele saiba, a beleza e a energia que irradiam de seu corpo. A mesma máquina nas minhas mãos e nos meus pés se torna um instrumento de tortura. Ver-me mover as pernas, correndo sem fôlego para lugar algum, é um espetáculo lamentável.
    Beau dormiu em minha casa, comigo, durante toda a manhã. Passamos a noite anterior no pronto-socorro de um hospital.

SEXTA-FEIRA (O DIA ANTERIOR)

Na primeira hora da tarde de ontem, minha cabeça começou a doer.

Tomei o primeiro analgésico e, horas depois, o segundo; à noite ataquei com dipirona líquida, que é minha última e definitiva arma contra esse tipo de cefaleias persistentes que começam na parte occipital da cabeça e se expandem até cobri-la como um gorro. No auge desse tipo de dor não se pode ver tevê, falar ao telefone, ler, olhar para o computador, escutar música ou andar de carro. Recolho-me ao meu quarto e caio na cama, no escuro, enquanto Beau assiste televisão e cuida de mim sem ficar em cima demais.

Deitada, no escuro e em silêncio, uma nova sensação aparece, uma sensação alheia à dor, embora se misture a ela, como a paisagem se mistura à névoa até nela desaparecer. No meu caso, o processo é inverso: uma onda aguda de excitação nervosa percorre meu peito, da direita para a esquerda, e desce pelas pernas até os joelhos. Meu corpo inteiro lateja cada vez mais forte, e se a coisa continuar assim tenho medo de acabar explodindo. Meu sistema nervoso foge de qualquer tipo de controle. A raiz do cabelo arde, e uma repentina onda de calor incendeia meu rosto.

Tento me convencer de que não é nada, mas as crises de ansiedade são cada vez mais longas, e os intervalos cada vez mais curtos. O tempo se alonga infinitamente. Percorro meu próprio corpo com as palmas das mãos, tentando pegar (ou pelo menos localizar) esse mal desencarnado que me oprime no peito de uma forma que sequer sou capaz de descrever.

É a primeira emenda de feriado de dezembro (Dia da Constituição), e há pelo menos duas semanas um Natal precoce toma conta da cidade. A meia-noite chega; depois de lutar por horas contra a angústia e a dor de cabeça, decido ir ao pronto-socorro.

Por sorte, Beau está comigo. Não quero nem pensar em como teria passado por tudo isso sozinha. Beau fala pouco, e eu fico agradecida, em momentos como esse o importante é estar presente, acompanhar, como fazem os animais.

PRONTO-SOCORRO

Abro a ficha tão logo chego. Assim que me colocam deitada em uma cama, perco Beau de vista.

Examinam-me de modo superficial e me colocam no soro; depois de consumir lentamente uma primeira bolsa de líquido analgésico, a dor de cabeça resiste a ir embora. Percebo com clareza a luta que acontece dentro da minha cabeça e faço eco a suas investidas.

Meu mundo se reduz à região que começa logo acima da cervical e cobre a parte superior da cabeça como uma touca. O médico de plantão, estrangeiro e com um tique nervoso em uma das bochechas, aconselha-me a passar a noite no hospital para receber o tratamento adequado. Eu não esperava por isso, mas a dor me convence rapidamente.

Enquanto me designam um quarto, saio para procurar Beau na sala de espera, mas ele não está lá. Encontro-o do lado de fora, apesar do frio de dezembro, e embora não seja fumante. Ele odeia hospitais; ainda assim, não diz nada. Conto as últimas notícias. Ele parece cansado, mas está decidido a ficar comigo. Trabalhou na noite anterior.

Beau é bombeiro, embora também trabalhe como stripper. Mas não é o típico *boy*, não tem muita consciência do próprio corpo e não sabe dançar de maneira sedutora. Acho que é disso que gosto quando ele está no palco. E ele tem a resistência necessária para aguentar a gritaria e os excessos das despedidas de solteiras. Conheci-o quando eu e minha amiga Patricia procurávamos o protagonista para um anúncio de cuecas. Eu fiz as fotos e ela criou a campanha. Nos demos bem durante a sessão de fotos. E, como se fosse uma continuação natural, passamos aquela noite juntos. Era a primeira vez que isso acontecia comigo. Eu nunca havia compartilhado a intimidade com alguém que poucas horas antes estivera fotografando.

No hospital, somos alocados em um quarto, eu na cama e Beau em um sofá azul. Comento que conheço aquele lugar. Dez anos atrás rodei algumas cenas de meu segundo e último filme no corredor e em dois quartos do mesmo andar em que estamos. Um dos quartos ficava do lado esquerdo, e o outro do lado direito; na ficção, o personagem do lado esquerdo morria, enquanto o outro ficava bem. Não sou supersticiosa, mas fico feliz de ter sido colocada no quarto do personagem que termina bem.

Fiz pouco cinema, dois filmes; vivo de publicidade, mas sempre acreditei que o cinema tem algo de premonitório. Por isso fico contente de estar no quarto do personagem que fica bem.

Reviro-me na cama. Sou meio difícil com travesseiros (sobretudo quando tenho dor de cabeça), e o daquela cama parece repleto de seixos que atormentam minha cervical.

Luto com o travesseiro, tento encontrar um jeito que incomode menos a cabeça, mas não consigo. Beau me ajuda a improvisar novos apoios para a cabeça. No fim das contas, o mais confortável é um cobertor dobrado com esmero. Ele é bom em improvisar travesseiros, e em misturar almofadas e almofadões. Tem experiência, cuidou do pai doente nos últimos anos de vida.

Continuam me aplicando diversas substâncias na veia.

Pouco depois de dormirmos, uma enfermeira chega com

o café da manhã. Depois de toda a dificuldade que tivemos para pegar no sono! A dor de cabeça já desapareceu em grande parte, embora permaneça escondida, resistindo a me deixar por completo, ou a desaparecer sem deixar marcas. Finjo que está tudo bem para receber alta.

SÁBADO DE MANHÃ

Chegamos de volta em casa às dez da manhã e nos deitamos. A emenda de feriado deixou as ruas vazias.
A cama é o espaço onde o corpo de Beau domina a situação. Tudo o que não me disse ao longo da noite, ele diz agora com os braços em volta de mim. Também me explica que não pisava em um hospital desde a morte do pai, dois anos atrás, daí seu incômodo na sala de espera. Minha pele agradece e ele percebe. Nossos corpos se entendem sob os lençóis, sempre se entenderam desde que nos conhecemos, no último verão.

SÁBADO, TRÊS DA TARDE

Quando me levanto, às três da tarde, vou até a sala ainda meio tonta e olho pela porta que dá para a varanda que serve de academia e estufa. Beau se exercita na Body Treck (acho que falei disso no começo). É como se ele a estivesse cavalgando, seu corpo irradia força e saúde. Contemplo-o durante alguns instantes, comovida. Ele olha para mim, sorri, e eu aceno com a mão direita em um gesto idêntico ao que o papa faz ao se dirigir a multidões. Beau pergunta se estou bem e digo que sim, mas isso não é de todo verdade.

TARDE, NOITE E MADRUGADA

Escurece. Beau decide não ir trabalhar para ficar comigo. Não comento nada, mas volto a me sentir mal. Um calor intenso no couro cabeludo, palpitações e a sensação de que o sistema nervoso está fora de controle. Consolo-me pensando que, nesses casos, como o médico me disse, a ideia da morte só é subjetiva se você conseguir não se jogar da janela. Beau está sentado no sofá em frente à televisão, vendo um DVD. Eu, contudo, ando pela casa com o único propósito de me mexer. Felizmente ela é bem grande. Evito ficar parada, pois assim o nervosismo toma conta de mim, e fujo constantemente para a cozinha, para o banheiro, para o quarto. Coloco algumas coisas no depósito. Organizo livros. Recolho anotações antigas na escrivaninha e as jogo no lixo. E volto ao sofá. Sempre volto ao sofá e me sento ao lado de Beau, e o abraço ou apoio a cabeça em seu peito por um tempo. Isso me consola, e sem fazer muito alarde digo que a "indisposição" voltou, mas com menos intensidade. É mentira, a intensidade é a mesma.

Vamos nos deitar logo. Tomo o que me deram no hospital para a dor de cabeça. Imigran. E algo para dormir, uma mistura de antidepressivo e ansiolítico. Bocejo, mas não tenho sono, ainda estou muito ligada.

Percebo com surpresa que, apesar da ansiedade e da tensão que oprimem minha cabeça, consigo pensar com clareza. Inclusive anoto uma ideia para um futuro conto nas páginas em branco de um livro que está na cabeceira. A escrita me entretém. Continuo escrevendo nas orelhas do livro, com o único propósito de manter a cabeça ocupada. Só consigo escrever sobre os acontecimentos presentes (a capacidade de imaginar inexiste), registro em detalhes as sensações físicas do momento. Faço isso sentada na cama. Elaboro uma descrição minuciosa dos dias de luta feroz contra a enxaqueca, contra a cefaleia de tensão e contra a angústia. Tento inclusive dar forma a uma personagem a partir do que acontece comigo, passar para ela a angústia e a dor, mas é impossível. O pânico e a enxaqueca não são cinematográficos porque não têm nenhuma ação que os acompanhe; quem padece disso o faz de forma passiva.

Termino de tomar notas e volto a me deitar na cama. Beau já está dormindo. Sua capacidade para dormir me impressiona. É um dom que eu não tenho. Admiro e invejo as pessoas que dormem assim que se deitam.

Sentir ao meu lado a companhia desse belo animal adormecido me comove. Sozinha seria muito pior, como já disse. Mas não posso passar a noite toda contemplando Beau. Prolongo meu olhar sobre seu corpo, percorro-o como a uma paisagem, sem pressa. Apago a luz.

A paisagem do corpo de Beau só existe agora nas minhas mãos. A escuridão não me ajuda a conseguir dormir. Acendo a luz de novo. Tento ler o livro de Rubem Fonseca cujas orelhas rabisquei minutos antes. O livro se chama *Secreções, excreções e desatinos*. Não consigo me concentrar. Não entendo uma só frase, só sei que fala de Deus e de fezes humanas. Quando me recuperar vou lê-lo, por ora o devolvo à cabeceira.

Volto a ser invadida por lufadas de ansiedade. Faço exercícios de respiração profunda. Beau continua dormindo. Sob o edredom, toco seus braços, sua cintura, o começo dos glúteos, o peito, percorro-o desta vez com as mãos. Acaricio-o, abraço seu corpo musculoso para não cair no vazio. Meu mal-estar cresce em meio ao silêncio noturno; o mal, que não consigo nomear, encoleriza-se dentro de mim quando meu corpo está deitado. Não sei por quê, mas na horizontal fico mais indefesa.

Olho para o relógio. Já passa das onze da noite. Penso no pronto-socorro, mas rejeito a ideia. Na noite anterior conseguiram aliviar a dor de cabeça, mas o resto piorou. Deveria ter passado por um psiquiatra. O ideal seria ligar para um psiquiatra, mas não conheço nenhum. Menos ainda a essa hora.

Lembro que Gabriela, uma amiga com uma vida social intensa (é dona de um restaurante que recebe políticos, designers, artistas e aspirantes a essas três categorias), apresentou-me a um psiquiatra em sua casa, em um de seus jantares, tempos atrás. Lembro que hoje ela também estava dando uma festa para a qual eu fora convidada, mas já dissera que não poderia ir. Afasto a tentação de ligar para ela, não consigo me ver explicando meu problema. Além do mais, Gabriela sempre acaba me metendo em confusões e compromissos. (Não falei antes, mas, embora eu só tenha dirigido dois filmes, sou uma diretora cult, e os poucos membros desse culto são artistas que frequentam as festas de Gabriela.)

Decido ligar para Patricia, que já sofreu o suficiente para precisar de ajuda especializada, embora a principal ajuda devesse vir de si mesma, e quanto a isso ela não consegue tomar uma decisão. Tempos atrás, Patricia sofreu mais do que eu, e sei disso porque ela me contava tudo, mas agora tenho a impressão de que tem vergonha de si mesma e não me conta mais nada. Ela parece ter pânico de se separar do marido, embora pense nisso todos os dias (me dá nervoso, mas respeito muito as fobias alheias). Patricia dorme tarde, é designer gráfica (trabalhamos juntas muitas vezes, era com ela que eu estava quando fomos a uma casa de striptease à procura de um modelo para um anúncio de cuecas e descobrimos Beau). Patricia é dessas pessoas que se concentram melhor à noite, e, no processo, preenche suas longas esperas.

Ligo para ela. Patricia responde que de fato conhece mais de um psiquiatra, mas não tem tanta intimidade para incomodá-los à noite em um fim de semana prolongado. Explico meus sintomas, sem florear. Com sua calma habitual, minha amiga me diagnostica sem sombras de dúvida: estou atravessando, ou melhor, estou sendo atravessada por uma crise de ansiedade ou de pânico. Ela as conhece bem, e dava por certo que eu também. Percebo de repente que minha vida não tem sido tão ruim. Ela me recomenda colocar um alprazolam de cinquenta miligramas debaixo da língua.

Não tenho o ansiolítico comigo. Sou uma ansiosa recente, herdei as dores de cabeça da família do meu pai, mas sou novata em crises de pânico e de ansiedade. Esse tipo de remédio recomendado por Patricia precisa de receita para ser comprado na farmácia.

— Procure sua amiga Gabriela, com certeza ela tem uns comprimidos — Patricia sugere.

— Cheguei a pensar nisso, mas a Gaby é tão sociável que fico com preguiça. Além do mais, esta noite ela está dando uma festa em casa, e eu já tinha dito que não poderia ir — respondo.

— Acho que seria o caminho mais rápido. Ou então você pode ir ao pronto-socorro.

— Estive lá ontem, mas não falamos de ansiedade, só de dor de cabeça.

— Procure a Gabriela, é o jeito mais rápido — ela conclui.

GABRIELA

Ponho a cabeça debaixo do cobertor, faço sexo oral em Beau para acordá-lo e digo que estou com uma crise de ansiedade e que vamos atrás da minha amiga Gabriela, que tem os remédios de que preciso.

Ainda meio letárgico depois de um despertar tão prazeroso,

Beau demora um pouco para entender o que estou dizendo. Não me estranha.

No caminho, dentro do carro, explico que tenho medo de Gabriela e que a melhor coisa seria ele subir sozinho, pois se ela me vir insistirá para que eu fique na festa, não vai entender por que não estou a fim de cheirar uma carreira de cocaína nem vai me deixar ir embora sem mais nem menos. Gabriela conhece Beau, viu-o comigo duas ou três vezes. Beau não consegue entender por que não quero subir. "É uma explicação longa", digo, "mas acredite, é melhor assim."

No entanto, acabo explicando melhor: como você sabe, sou uma diretora cult, e a Gaby sempre acaba dando um jeito de me comprometer a fazer um documentário para alguém, coisas desse tipo...

Percebo que não consigo explicar muito bem a situação a Beau. De todo modo, ele está disposto a subir e pegar o alprazolam, mas antes tenho que ligar para Gaby e avisar que Beau vai subir sozinho, sem dizer que estou lá embaixo, na calçada, perto da entrada.

Gaby responde falando muito alto, a festa está animadíssima.

— Amparo, querida, fico feliz que você tenha decidido vir. Eu ia te ligar porque agorinha mesmo estava falando sobre você com o Barenboim.

— Não consigo ir, Gaby, mas escute, o Beau está indo aí porque preciso que você me mande por ele um pouco de alprazolam. Você tem alprazolam aí contigo, né?

— Claro. E também tenho cocaína, e um jantar maravilhoso. Barenboim estava com saudades da milanesa argentina e preparei várias. Sei que você gosta também.

— Adoro.

— E além disso tem sorvete. Ou seja, você vem, né?

— Não. Mas meu namorado está indo aí. Estou passando

por uma crise de ansiedade e preciso de um alprazolam. Não posso comprar na farmácia porque não tenho receita, Gaby, e a verdade é que estou quase explodindo, nunca na vida me senti tão mal.

— Mais um motivo. Você precisa é de uma boa festa.
— Eu não posso, de verdade...
— Vem, nem que seja por uma horinha. O Barenboim quer muito que você dirija A *flauta mágica*, você fala com ele rapidinho e leva o alprazolam contigo.
— Gaby, por favor — eu imploro.
— Pare de ser chata! — Gabriela grita.

Não tenho alternativa. Subo à festa com Beau. Por sorte, a própria Gabriela vem abrir a porta. Arrasto-a até seu quarto pela cozinha, evitando assim atravessar o salão cheio de convidados barulhentos falando pelos cotovelos. Consigo fazer com que ela perceba que estou mal. Não costumo demonstrar assim, ao contrário de Gaby, que não tem o menor pudor. Mas eu sou mais discreta. E ela sabe disso.

Gaby me entrega quatro comprimidos de cinquenta miligramas e fica com dois para a manhã seguinte, porque ainda tem muita cocaína para cheirar e muita tequila para beber. Não entendo como ela consegue viver nesse ritmo aos cinquenta e cinco anos.

Ponho um comprimido debaixo da língua e caio na cama do quarto dela, uma cama enorme repleta de casacos dos convidados, muitas peles. Deslizo para debaixo dos casacos, só minha cabeça fica de fora. Beau se senta onde encontra espaço. Peço a Gabriela para nos deixar sozinhos até o ansiolítico fazer efeito e prometo que depois falarei um pouco com o Barenboim, mas só um pouco. Ela sai. Reconheço que é uma boa anfitriã, embora eu já não acompanhe seu ritmo há muito tempo.

NO DIA SEGUINTE

Acordo melhor. Beau tem de ir à casa da mãe. Pergunta uma e outra vez se estou bem, e eu imploro para que ele vá fazer o que tiver de fazer. Além do mais, preciso ficar sozinha para ter certeza de que estou realmente bem.

No instante em que Beau desaparece atrás da porta, começo a sentir um calor nas bochechas, e as chicotadas nervosas me afligem o peito. Não penso duas vezes: tomo outro alprazolam sublingual. Tenho que preencher o dia. E não quero abusar de Beau, que já ficou comigo de noite. Procuro rápido no guia de programação um filme em cartaz, uma comédia. Decido ir assistir a *Brilho eterno de uma mente sem lembranças*, de Michel Gondry. Começa em meia hora.

Dentro do táxi, faço algumas ligações, tento uma consulta com um psiquiatra de plantão. Ele tem horário à noite, então por ora tomo algo para a cabeça. Ligo para Patricia, que me pergunta como estou. Conto por alto sobre a ida à casa de Gabriela e pergunto se posso ir vê-la. Ela responde que sim, é claro, estará o dia todo em casa com a filha, Lorena, de quatro anos. Com isso, as próximas quatro horas estão cobertas. Ligo para Beau e digo que está tudo bem, que estou indo ver o filme de Michel Gondry.

Quando o táxi chega ao centro, as ruas estão tomadas por uma multidão de pessoas, é como uma manifestação na qual cada manifestante segue uma demanda e uma ideia distintas. Caos. Começo a passar mal. O táxi está preso. Pago e desço. Faço o último trecho do percurso até o cinema correndo, tentando abrir caminho em meio à multidão.

Nem Michel Gondry nem seu filme têm culpa de não me prenderem o suficiente para sufocar os sucessivos ataques de angústia, que, embora venham com menor frequência, estão lá para que eu não me engane pensando que estou melhor. Faço notas mentais de tudo o que acontece para relatar ao psiquiatra. Consigo resistir durante todo o filme. Saio para a Plaza de los Cubos, na Calle de la Princesa.

A primeira ligação é para Beau, que está muito preocupado e repreende a si mesmo por me ter deixado sozinha. Convenço-o de que estou bem, vi o filme, não saí no meio, o que demonstra que ainda mantenho certo controle sobre mim mesma.

— Vou para sua casa? — ele pergunta.

— Eu me enchi de compromissos à tarde — digo —, justamente para que você tivesse tempo para si mesmo e para sua mãe.

Beau parece decepcionado. Sinto meu amor por ele e não quero que ele perceba minha debilidade, porque já tenho os olhos cheios d'água. Digo que combinei de ir à casa de Patricia e que vou comprar algo para a filha dela no Vips. Combino com ele de nos encontrarmos à noite.

PATRICIA

Patricia abre a porta para mim. Além de trabalharmos juntas, somos amigas. Às vezes, passam-se semanas sem que contemos nada de íntimo uma à outra. Nem ela nem eu somos o tipo de pessoa que fica enchendo o saco dos amigos. Somos mais fechadas, muito masculinas na hora de fazer confidências.

Para ter certeza de que estaremos a sós, assim que chego pergunto por seu marido, pai de sua filha. Como imaginei, ele está fora, o que me deixa contente; trabalha no setor comercial de uma marca de bicicletas americanas e está sempre viajando. Sei que ele tem uma segunda e quem sabe uma terceira vida fora de Madri, ou talvez até em Madri. E Patricia também sabe. Já quase se separou dele várias vezes. Somente nesses momentos desabafava comigo, tomada de raiva, e me contava as coisas terríveis que tinha de aguentar. Um marido extremamente perverso. Depois da última tentativa de rompimento, que parecia ser a definitiva, não foi nem uma coisa nem outra.

Apesar de sermos amigas, não pergunto mais sobre seus problemas, para não a incomodar, e tampouco conto os meus. Repito, somos muito machonas, as duas. Duas pessoas fechadas, se tiverem bom coração, podem ser melhores amigas e se ajudar mutuamente em silêncio. O silêncio tem má fama, mas não é tão ruim assim.

Patricia tem olhos tristes naturalmente, mas nesta tarde, junto à porta de casa, sua tristeza é enorme. Não pergunto nada, mas olho para ela de um modo que diz que estou lá para o que ela precisar.

Como nem Paty nem eu estamos muito conversadeiras, concentro-me na menina, Lo. Lorena. Entrego os presentes. Ela os pega, mas não dá um pio. Está desenhando em um quadro. Peço um beijo e ela passa reto, nem me responde. Tento lhe dar um beijo, mas ela não deixa. A menina não gosta de mim, e acho engraçado ela ser tão antipática comigo.

Entro com a mãe dela na sala, e ela nos segue para continuar brincando. Por quase uma hora me dedico a observá-la. Observar uma criança é como observar o mar ou o fogo. São sempre autênticos, renovam-se continuamente, longe de nosso olhar.

Na televisão está passando *Frida*, de Julie Taymor. Aparece Chavela Vargas, com gel no cabelo penteado para trás. Canta uma estrofe de "La Llorona". Uma versão improvisada para o filme que me deixa um pouco desapontada. A voz de Chavela treme e desafina um pouco. Tiro o som da tevê. E comento:

— Aqui ela já estava perdendo a voz.

Falo com nostalgia sobre a cantora mexicana. Patricia me olha e entende que estou mais sensível do que o normal por conta da ressaca das duas noites de ansiedade que sofri. Além da agitação natalina.

TESE SOBRE "LA LLORONA"

— Já devo ter ouvido Chavela cantando "La Llorona" mais de cinquenta vezes, e todas foram diferentes e em todas chorei. Em seus últimos anos, Chavela tinha perdido a voz (mas seu talento seguia intacto, assim como a amargura do abandono e a solidão; tudo intacto, inclusive mais intenso). Pouco a pouco, ela começa a *falar* cada vez mais e a *cantar* cada vez menos. Em seus últimos espetáculos, já não cantava uma só estrofe, só a declamava, e no final apenas a murmurava. O efeito era arrepiante. Um silêncio de convento, como ela dizia. Guardava seu grito para o final. A última estrofe começa com um murmúrio, continuação do murmúrio anterior: "*Si porque te quiero quieres, Llorona, quieres que te quiera más. Si porque te quiero quieres, Llorona, quieres que te quiera más. Si ya te he dado la vida, Llorona*" (ela grita, desafiadora, estrondosa). "*¡¿Qué más quieres?!*" (toda a torrente de voz que poupou nas estrofes anteriores emerge e cresce na frase final). "*Quieres más!*"* O público sempre bradava no final.

Provavelmente só quem foi testemunha desse milagre entenderá.

— Devo ter o disco por aqui — Patricia diz, com sua apatia doce.

---

* "Se porque eu te amo, Llorona, você quer que eu te ame mais. Se porque eu te amo, Llorona, você quer que eu te ame mais. Eu já lhe dei minha vida, Llorona […] o que mais você quer? […] Você quer mais!" (N. T.)

NATAL AMARGO

Sem esperar que ela o pegue, vou até o canto da sala onde estão o toca-discos e os CDs e procuro o de Chavela. Na verdade, não quero exatamente encontrá-lo, e sim me manter ocupada depois do discurso que acabo de despejar de repente. Penso que deveria pensar melhor nas coisas que digo e evitar esse tipo de exaltação ao falar, é como se estivesse drogada. Ou talvez eu esteja de fato drogada do alprazolam, que acabou tendo o efeito oposto em mim.
Basta não ter pressa para que o encontre rapidamente. Leio a lista de músicas. "La Llorona", versão da primeira época em que começou a falar e não a cantar, 1995. "La noche de tu amor". "Piensa en mí". "Mi churrasca". "Las simples cosas". "Amarga Navidad". Como é dezembro, esta última canção parece oportuna. Ponho-a para tocar. É uma canção natalina que diz assim:

Diciembre me gustó pa que te largues
que sea tu cruel adiós mi Navidad,
no quiero comenzar el año nuevo
con este mismo amor, que me hace tanto mal.
Y ya después, que pasen muchas cosas
que estés arrepentida y que tengas mucho miedo,
vas a saber que aquello que dejaste
fue lo que más quisiste, pero ya no hay remedio.
Diciembre me gustó pa que te largues,
que sea tu cruel adiós mi Navidad.
No quiero comenzar el año nuevo
con este mismo amor, que me hace tanto mal.*

---

* "Dezembro parece um bom mês para você partir/ O seu cruel adeus fará o meu Natal/ Não quero começar o Ano-Novo/ Com este mesmo amor que me

Escuto a música em silêncio, sentada no sofá. Dali consigo ver Patricia, parada na cozinha, sem fazer barulho algum, como Anjelica Huston em *Os vivos e os mortos*, quando abandona a festa da família e, ao descer a escada, ouve uma música e fica paralisada, quieta, no mesmo degrau, segurando o corrimão.

Imagino a razão da inércia de Patricia. A letra da música de Chavela. A música nos pegou desprevenidas.

Silêncio. A menina brinca, a música não penetrou em suas brincadeiras.

Patricia continua de pé na cozinha, dando-nos as costas deliberadamente, paralisada diante de sua fobia de se separar do pai de Lorena — é assim que interpreto a cena. Aquele Natal amargo poderia ser o de sua libertação.

A menina rompe o silêncio e me passa uma noz de uma tigela cheia de nozes. Tento abri-la, concentro-me nessa ação como se fosse de vital importância. A menina me entrega um coração de metal, plano, cuja ponta pode abrir as nozes depois de introduzida na fenda que as divide em dois. Abro a primeira noz, na casa só se ouve o barulho seco da casca quebrando, e para mim é como se fosse Patricia. Lorena percebe que é muito prático me pedir para abrir as nozes e começa um ciclo interminável que consiste em me dar uma noz para abrir e, enquanto ela a come, já me dar outra, e assim sucessivamente. Fico contente de ter algo para fazer.

Lentamente, Patricia volta à sala e a seu lugar no sofá, a meu lado; algo em seu olhar indica que o coração transborda com o

---

faz tão mal./ E que aconteçam muitas coisas depois/ E que você se arrependa e sinta muito medo,/ Para que saiba que aquilo que abandonou/ Era o que mais amou, mas que não há remédio./ Dezembro parece um bom mês para você partir/ O seu cruel adeus fará o meu Natal/ Não quero começar o Ano-Novo/ Com este mesmo amor que me faz tão mal." (N. T.)

veneno que a música lhe inoculou. Ela não diz nada, e bebe cerveja direto da garrafa. Eu explico à menina qual parte da noz é comestível e qual parte não. E Patricia nos observa, despedaçada, envenenada pelo ódio.

EPÍLOGO

Quando desço a escada e saio para a rua, percebo que não tive nenhuma onda de ansiedade em todo o tempo que passei com Patricia e Lorena.
É a primeira coisa que digo ao psiquiatra com quem tenho consulta logo depois. Ele me recomenda um tratamento de choque com clordiazepóxido, que tampouco consegue erradicar o mal.
Durmo com Beau. Refugio-me em seu corpo mais do que nunca, e não sei por que pressinto que serei injusta com ele no futuro.
Vou a outro psiquiatra. Consigo enfim sair do inferno do fim de semana prolongado do feriado da Constituição. Os primeiros dias da minha volta à normalidade são os mais felizes da minha vida.

Adeus, vulcão

Por vinte anos a busquei em seus palcos habituais, e, desde que a encontrei no diminuto bastidor da Sala Caracol, em Madri, estou há outros vinte anos me despedindo dela, até esta longuíssima despedida, sob o sol ardente do agosto madrilenho.

Chavela Vargas fez do abandono e da desolação uma catedral na qual cabíamos todos, e da qual saíamos reconciliados com nossos próprios erros, dispostos a continuar errando, a tentar de novo.

O grande escritor Carlos Monsiváis disse: "Chavela Vargas soube expressar a desolação da música *ranchera* com o desnudamento radical do blues". Segundo o mesmo autor, ao prescindir do *mariachi*, Chavela eliminou o caráter festivo das *rancheras*, mostrando, em todo esse seu desnudamento, a dor e a derrota de suas letras. No caso de "Piensa en mí" (e isso quem diz sou eu), espécie de *danzón* de Agustín Lara, Chavela mudou de tal maneira o compasso original que uma canção alegre e dançante se tornou um fado ou uma dolorosa canção de ninar.

Nenhum outro ser vivo cantou com a devida emoção o genial José Alfredo Jiménez como Chavela o fez. "*Y si quieren saber de mi pasado, es preciso decir otra mentira. Les diré que llegué de un mundo raro, que no sé del dolor, que triunfé en el amor y que nunca he llorado.*"* Chavela criou, com a ênfase que dava ao final de suas canções, um novo gênero musical, que devia levar seu nome. As canções de José Alfredo nascem às margens da sociedade e falam de derrotas e abandonos; Chavela acrescentava uma amargura irônica a elas, que se sobrepunha à hipocrisia do mundo no qual lhe coubera viver, e ao qual sempre cantou de modo desafiador. Regozijava-se com os finais, transformava o lamento em hino, cuspia o final em nossas caras. Como espectador, era uma experiência que me fazia transbordar: não estamos acostumados a que alguém ponha um espelho tão perto de nossos olhos, e aquela emoção dilacerante no final literalmente me dilacerava. Não estou exagerando. Imagino que haja mais pessoas por aí que sentiam o mesmo.

Em sua segunda vida, quando já tinha mais de setenta anos, Chavela e o tempo caminharam lado a lado; na Espanha, ela encontrou a cumplicidade que no México lhe fora negada. E, com essa cumplicidade, Chavela alcançou uma plenitude serena, suas músicas ficaram mais doces, e todo o amor que também havia em seu repertório pôde prosperar. "*Oye, quiero la estrella de eterno fulgor, quiero la copa más fina de cristal para brindar la noche de mi amor. Quiero la alegría de un barco volviendo, y mil campanas de gloria tañendo para brindar la noche de mi amor.*"** Ao longo dos anos 1990 e em parte deste século, Chavela viveu

---

* "E se querem saber do meu passado, outra mentira é preciso contar. Direi que vim de um mundo estranho, que da dor nada sei, e que nunca cheguei a chorar." (N. T.)

** "Quero a estrela de eterno fulgor, quero a taça do cristal mais fino para brindar a noite do meu amor. Quero a alegria de um barco que volta, e milhares de sinos gloriosos tocando para brindar a noite do meu amor." (N. T.)

essa noite de amor eterna e feliz em nosso país, e, assim como cada um que a viu, sinto que viveu essa noite de amor somente comigo.

Apresentei-a em dezenas de cidades, e me lembro de cada uma delas, dos minutos anteriores ao espetáculo nos camarins; Chavela tinha parado de beber e eu de fumar, e naqueles momentos éramos duas síndromes de abstinência juntas: ela comentava como cairia bem uma dose de tequila para esquentar a voz, e eu dizia que devoraria uma caixa de cigarros para aplacar a ansiedade, e acabávamos rindo, de mãos dadas, e nos beijando. Nós nos beijamos muito, conheço bem sua pele.

Os anos de apoteose espanhola permitiram que Chavela se apresentasse no Olympia de Paris, um feito que antes dela fora conseguido somente pela grande Lola Beltrán. Jeanne Moreau estava no assento ao meu lado, e às vezes eu traduzia para ela alguma estrofe de música, até que ela murmurou: "Não precisa, Pedro, consigo entendê-la perfeitamente". E não porque soubesse espanhol.

Com sua deslumbrante performance no Olympia, Chavela por fim conseguiu abrir as portas que lhe haviam sido fechadas mais ferrenhamente: as do Teatro de Belas-Artes da capital mexicana, em que também sonhava atuar. Antes da apresentação em Paris, um jornalista mexicano veio me agradecer por minha generosidade em relação a Chavela. Respondi que não era generosidade, mas egoísmo, uma vez que eu recebia muito mais do que dava. Disse também que, embora não acreditasse em generosidade, acreditava na mesquinhez, e me referia justamente ao país de cuja cultura Chavela era a embaixadora mais apaixonada. É verdade que desde que começou a cantar, nos anos 1950, em pequenas pocilgas (o que eu não teria dado para conhecer o El Alacrán, onde ela debutou junto à bailarina exótica Tongolele!), Chavela Vargas foi uma deusa, mas uma deusa marginal. Ela me contou que nunca lhe permitiram cantar na televisão ou em um teatro. Depois do Olympia, sua situação mudou radicalmente. Naquela noite, a do Teatro de Belas-Artes da Cidade do México, também tive o privilégio de apresentá-la. Chavela realizava outro sonho, e fomos celebrar e compartilhar a ocasião com a pessoa que mais merecia, José Alfredo Jiménez, no bar Tenampa da Plaza de Garibaldi. Sentados debaixo de um dos murais dedicados ao gigante José Alfredo, bebemos e cantamos até o amanhecer (não ela, que bebeu apenas água, embora no dia seguinte muitos jornais locais tenham dado a manchete "Chavela volta a beber"). Todos aqueles que tiveram a sorte de estar com ela nessa noite cantaram e deliraram, mas quem mais cantou foi Chavela, com um dos *mariachis* que contratamos para a ocasião. Era a primeira vez que a ouvíamos acompanhada pela formação original e típica da música *ranchera*. E foi um milagre, mais um dos muitos que vivi a seu lado.

Em sua última visita a Madri, em um jantar íntimo com Elena Benarroch, Mariana Gyalui e Fernando Iglesias, três dias antes de sua apresentação na Residencia de Estudiantes, Elena perguntou se ela nunca esquecia as letras das músicas. Chavela respondeu: "Às vezes, mas sempre acabo onde deveria". Eu tatuaria essa frase em sua homenagem. Quantas vezes a vi acabar onde deveria! Naquela ocasião, no indescritível bar Tenampa, Chavela acabou a noite onde deveria, sob a efígie de seu querido companheiro de farras, José Alfredo, e acompanhada de um *mariachi*. As músicas que ela havia dilacerado no passado, acompanhada por dois violões, voltavam a soar lúdicas e festivas, onde e como deveria ser. "El último trago" foi, naquela noite, um delicioso hino à alegria de ter bebido tudo, de ter amado sem reservas e de continuar viva para cantar sobre isso. O abandono se transformava em festa.

Há quatro anos fui conhecer a casa onde ela morava em Tepoztlán, em frente a um monte de nome impronunciável, o monte de Chalchitépetl. Foi naqueles vales e montes que filmaram *Sete homens e um destino*, que por sua vez era a versão norte-americana de *Os sete samurais*, de Kurosawa. Chavela me contou que, segundo a lenda, o monte abrirá suas portas quando o Apocalipse estiver próximo, e só se salvarão os que conseguirem passar por elas. Apontou para mim o lugar exato na encosta do monte onde pareciam estar desenhadas as tais portas.

Circulam muitas lendas, orgânicas, espirituais, vegetais, siderais, nessa região de Morelos. Além dos montes, que têm mais pedra que terra, Chavela também convive com um vulcão de nome sonoro, Popocatépetl. Um vulcão vivo, com um passado de amante humano, prostrado diante do corpo sem vida da amada. Tomo nota de todos esses nomes no instante em que eles saem dos lábios de Chavela, e confesso a ela minha dificuldade para pronunciar os "petl" finais. Ela diz que durante um tempo as mulheres eram proibidas de pronunciar essas letras. Por quê? Pelo simples fato de serem mulheres, ela responde. Uma das formas mais irracionais (todas são) do machismo, em um país que não se envergonha disso.

Naquela visita ela também me disse: "Estou tranquila", e voltou a dizê-lo em Madri. Em seus lábios, a palavra "tranquila" ganha seu significado pleno; ela está serena, sem medo, sem angústias, sem expectativas (ou com todas, mas isso é impossível de explicar), tranquila. Ela também me disse: "Uma noite vou parar", e a palavra "parar" veio pesada e ao mesmo tempo leve, definitiva e ao mesmo tempo casual. "Pouco a pouco", continuou, "sozinha, e vou gostar." Foi o que ela disse.

Adeus, Chavela; adeus, vulcão.
Seu marido neste mundo, como você gostava de me chamar,

Pedro Almodóvar

A redenção

Sou o carcereiro da cidade e fui testemunha de um fato tão grande que, apesar da minha falta de jeito, decidi relatar para que o mundo inteiro saiba.

Começarei quando o forasteiro ainda não tinha chegado à nossa cidadezinha, pois muito tempo antes já corriam rumores vindos de cidades próximas. Comentava-se, e depois pudemos comprovar que era verdade, que ele apregoava ser o Messias, o Filho de Deus, aquele que todos esperavam havia séculos. No que diz respeito a esta localidade, posso garantir que nunca esperamos nada nem ninguém; contudo, depois de ouvir que o forasteiro vinha repetindo isso havia anos e em diversos lugares, essa utopia do Messias começou a nos parecer familiar.

Utopias são contagiosas, e sua disseminação, vertiginosa. Neste momento, depois do que presenciei, não tenho muita certeza de nada, mas lembro perfeitamente que, antes de ele aparecer, ninguém havia falado dele. Como costuma ocorrer com todas as criações, após os rumores, muitos encontraram provas anteriores à sua aparição, que confirmavam suas palavras, mas tenho certeza de que isso era fruto da imaginação dos habitantes da cidadezinha. A imaginação de um grupo é maior que a de um indivíduo, por mais imaginativo que ele possa ser, e por mais estúpidos que sejam os integrantes do grupo (no entanto, acredito que a imaginação nada tem a ver com a inteligência). Por exemplo, se uma só pessoa dirige a imaginação para inventar algo a partir de uma demanda previamente determinada, e com a mesma pauta um grupo faz o mesmo, será possível verificar que a capacidade imaginativa do grupo é bastante superior à do indivíduo, e que o resultado de seu labor possui um caráter genuíno, superior e mais consistente.

Talvez eu esteja enganado, mas atribuo os rumores prévios à aparição do forasteiro em nosso meio aos seus próprios esforços publicitários durante as viagens que empreendeu pelas cidades de nossa região. E com isso não quero dizer que seu modo de agir fosse cheio de truques, e sim que a fertilidade de suas palavras (e ele era mestre em usá-las) e sua tendência à disseminação lhe deram uma ajuda mágica.

Quando o conheci, ele já havia angariado vários discípulos, e andava sempre cercado por eles, que se encarregavam de percorrer as cidades vizinhas para falar dele e de seu poder. Como já era uma personalidade famosa o suficiente, observei-o com muito cuidado desde o primeiro dia. Era muito bonito, mas com um tipo de beleza tão perfeita que não parecia humana. Compreendo a admiração que suscitava nas pessoas, eu mesmo fiquei boquiaberto ao vê-lo. Essa era sua grande arma, com a qual se tornou tão popular; atraía irresistivelmente todos que o viam, e, a partir dessa atração, as pessoas se interessavam por suas palavras, pois ele não parava de falar e de sorrir, dirigindo-se a todos que o rodeavam sem fazer distinção. Mas suas palavras eram mais incompreensíveis que sua beleza; tanto uma quanto a outra pertenciam a um tipo de indivíduo incomum entre nós. Era mais fácil admirar sua beleza, mesmo sem compreendê-la, do que sua sabedoria.

Embora suas palavras fossem difíceis de assimilar, sentíamos que tinham um significado importante. Ele falava de imortalidade, de perfeição, de trevas, de amor e de salvação, mas com uma linguagem que era nova para nós. Talvez eu seja burro demais, pensei, por isso não consigo entender o que ele diz. Pedi a outras pessoas que me explicassem o que ele dizia, mas elas tampouco souberam me esclarecer. Apesar dessa incompreensão, e talvez por causa dela, suas falas eram amenas e fascinantes.

Os rumores sobre as coisas que fazia e falava cresciam dia após dia. O forasteiro era verdadeiramente uma pessoa excepcional, mas muitas das histórias que circulavam a seu respeito provavelmente eram falsas. Quando o ouvi falar, foi estranho perceber que o mesmo amor e admiração que ele causava estavam refletidos em seu rosto. Era como se também nos achasse maravilhosos, como nós o achávamos. Nossa presença o impressionava, como se possuíssemos uma beleza incomum para ele.

Com relação a seu comportamento, posso afirmar com toda certeza que não era normal, de modo algum. No começo, ele nem dormia, nem comia. Não demonstrava ter qualquer necessidade física. Quando não falava e ficava absorto nos próprios pensamentos, não estava conosco, sua imagem era como uma miragem.

A fama do forasteiro não era um problema para as autoridades. O fato de que aos poucos a cidadezinha fosse criando um mito representava certo perigo, mas o forasteiro, apesar do fascínio que exercia nas pessoas, não chegava a preocupar os governantes, porque suas palavras não pareciam conter qualquer significado político. Era um poeta, que fazia as pessoas sonharem com mundos e ideias fantásticas, e por esse motivo, e por sua beleza, sempre havia quem o seguisse. Mas houve um momento em que seus discursos, embora continuassem pouco transparentes, começaram a exibir termos que, por sua relação com a realidade mais imediata, podiam ser interpretados com maior facilidade — não sei se no sentido que ele de fato queria. "Meu reino não é deste mundo", disse certa vez. Antes, já se havia proclamado filho do Deus desse reino. Prometeu uma vida muito melhor se o seguíssemos, e falou de nos tirar das trevas se acreditássemos nele e abandonássemos tudo o que dizia respeito a este mundo.

Essas e muitas outras alusões diretas contra o governo fizeram com que o presidente reagisse; vendo nele um revolucionário excêntrico, com características que escapavam às suas análises, ordenou que o prendessem, para depois submetê-lo a um julgamento no qual ele teria de prestar contas de suas verdadeiras intenções.

O medo fez com que seus muitos seguidores não protestassem contra essa injustiça. Depois da surpresa de sua prisão, houve uma reação de aproximação ao governo porque, embora as pessoas o admirassem, tinham tanta curiosidade quanto o presidente para ouvi-lo esclarecer se todos os mistérios dos quais ele lhes falara eram verdadeiros ou falsos. Mais uma vez, o povo demonstrava sua volatilidade.

E assim o prenderam, e eu fui seu carcereiro. Naquele tempo, um dos presos que estava conosco era um ladrão famoso, Barrabás. O forasteiro foi alocado na mesma cela que ele. Tomei como uma honra a responsabilidade de vigiá-los. Eram os presos que naquele momento despertavam maior curiosidade, e a minha era tal que eu não saía de perto da grade deles por um instante sequer, como me haviam ordenado.

O forasteiro conhecera muitas pessoas durante sua vida pública, mas poucas o haviam impressionado tanto quanto Barrabás. O ladrão descansava em um canto da cela como um ani-

mal, sujo e feroz. Com sua costumeira doçura, o forasteiro perguntou:
— Quem é você?
Barrabás olhou para ele com ira, escondendo a surpresa de compartilhar a cela com alguém de aparência tão sublime.
— E por que você se importa?
— Eu me importo com tudo. Não acho que haja ninguém tão curioso quanto eu.
Diante dessa excentricidade, Barrabás sorriu jocosamente, como se estivesse desistindo de falar com ele por considerá-lo louco. Mas o tempo dentro de uma cela é um vazio, e, para esquecê-lo, chega-se a fazer coisas inimagináveis. Depois de algumas horas em silêncio, sem que o forasteiro se atrevesse a importuná-lo, Barrabás perguntou:
— E por que diabos você está aqui?
— Não sei. Trouxeram-me para cá, mas ainda não conheço suficientemente os homens para saber o que isso significa.
Barrabás sorriu com desprezo; depois, com uma raiva incipiente, ameaçou:
— Que maluquices você está dizendo? Até agora, só abriu a boca para falar um monte de abobrinhas. É melhor tomar cuidado se estiver tentando me ridicularizar.
— Não, pelo contrário, eu queria falar de mim, e queria que você me falasse de si, pois pareço tão estranho a você quanto você parece a mim.
Proferiu essas palavras de modo tão sincero que a antipatia de Barrabás por aquele forasteiro pedante começou a diminuir.
— Eu sou um ladrão. Me chamam de Barrabás.
— E por que você é ladrão?
Barrabás não soube como interpretar a ingenuidade do forasteiro, e, após um momento de dúvida, tentou não dar importância a isso. No começo, achou que se tratava de um louco, mas,

depois de observar sua aparência e seus modos, compreendeu que era uma pessoa realmente delicada e bondosa. Olhando para ele, sentia-se mais repugnante. Não só os trajes do forasteiro eram feitos de tecidos finos, mas tudo nele exalava uma aura de perfeição e superioridade. Os modos rudes do ladrão haviam impedido que o forasteiro notasse a impressão que sua chegada causara nele. Contudo, o modo de falar e o refinamento do forasteiro irritavam Barrabás. Ele ainda não sabia dizer se estava sendo ridicularizado, por isso respondeu secamente:

— Sou ladrão porque roubo. Ou melhor, porque fui pego roubando diversas vezes.

— E é errado roubar? — o forasteiro perguntou, com singeleza.

— O que você acha?

— Que ninguém refletiu antes de acusá-lo. Quem pode reivindicar a propriedade das coisas que você roubou? Além do mais, você fez isso porque estava precisando...

— Nem sempre! Já roubei para beber até cair, já roubei de quem precisava mais do que eu e já roubei por pura maldade.

Barrabás, provocado pela requintada presença do forasteiro, tentava agravar sua imoralidade, não queria aceitar a justificativa que lhe era oferecida. Diante dele, sentia-se mais desprezível do que nunca, e acharia grotesco tentar disfarçar sua monstruosidade. Por esse motivo quis se mostrar muito pior do que era, para cortar logo a gentileza de seu companheiro de cárcere.

Mas o forasteiro olhava para ele como se olhasse para um herói.

— Você fez tudo isso?

— Tudo isso e muito mais — Barrabás acrescentou. — Não estou aqui por capricho de ninguém. Comigo em liberdade, homem nenhum podia ficar tranquilo com relação a esposa e filhas.

O forasteiro o observava ainda com espanto, e extasiado

diante da brutalidade do ladrão, tão diferente da sua estonteante delicadeza.
— Também já matei — continuou Barrabás.
— Matou?
Isso parecia impressioná-lo mais ainda. Pensava na suficiência de Deus Pai, sentado em seu trono, desprezando o ser humano como uma de suas obras mais imperfeitas, e descobria, para sua surpresa, que um ser insignificante como Barrabás podia atentar contra os desígnios de Deus a seu bel-prazer.
— Sim — Barrabás respondeu, desconcertado com a reação do forasteiro. — Não posso dizer que gostei de fazer isso, mas não sou o único. Há muitos como eu.

O forasteiro olhava para ele cheio de entusiasmo, e Barrabás se envergonhava de ser olhado assim; em outras circunstâncias teria ficado furioso, mas havia algo naquele desconhecido que o desarmava.
— Por que você me olha assim, de onde veio?
— Eu não sou deste mundo.
— Ah, não? — brincou o ladrão.
— Não.
— E qual é o seu mundo? — ele perguntou, fazendo graça.
— Vocês não conhecem. Sou o Filho de Deus, e em nenhuma língua humana existem termos para falar do mundo de Deus. É de lá que eu venho.
Barrabás continuou, com um tom pouco sério:
— Ah, claro, já entendi por que você é estranho assim. Não imaginou que os seres humanos fossem como eu, não é?
— Meu pai nunca me falou de vocês. Acho que ele também não os conhece muito bem.
— E o que você veio fazer aqui?
— Vim salvá-los.
Ao ouvir isso, Barrabás achou que o forasteiro também esti-

vesse brincando e começou a gargalhar. Mas, apesar da risada espontânea, continuava sem saber que opinião formar a respeito do colega de cela. Por mais estranhas que fossem suas palavras, havia algo de misterioso no tom delas, algo que as fazia parecer verdadeiras. De todo modo, as risadas de Barrabás aumentavam, e o forasteiro, admirando aquela naturalidade selvagem, acabou se contagiando e começou a rir com ele.

Não consigo explicar minha surpresa ao ouvir as gargalhadas dos dois presos, como se fossem velhos amigos.

Não fosse pelo silêncio noturno, eu não teria conseguido perceber o que aconteceu na cela durante aquela primeira noite. Os dois prisioneiros ficaram fazendo troça um com o outro como dois garotos até muito tarde, depois ficaram um pouco em silêncio, sem saber o que fazer ou dizer. Eu mal conseguia vê-los, mas imaginava a tensão de se sentirem mutuamente atraídos e atirados um contra o outro pela solidão da cela. Cada um era o mais claro exemplo da diferença de seus próprios mundos. Barrabás ficara atônito diante da beleza, doçura, suavidade e excentricidade do estrangeiro, que ficara igualmente fascinado pela feiura, brutalidade, paixão e miséria de Barrabás. Então eles continuaram a conversar, e pouco depois ouvi quando se deitaram. A cela estava completamente escura, mas consegui entrever os vultos dos corpos na mesma cama, ofegantes e trêmulos.

Na manhã seguinte, levei algo para comerem. Era a primeira vez que eu entrava na cela desde que haviam trazido o forasteiro. Os dois estavam muito serenos. A virilidade de Barrabás parecia resplandecente.

O forasteiro pegou a comida com certa indecisão; depois, como se tivesse acabado de se decidir, disse:

— Sim, quero fazer tudo o que vocês fazem, quero ser um de vocês.

O ladrão e eu olhamos para ele convencidos de que realmente não se tratava de um ser comum.

Depois de poucas horas juntos, cada um já havia aceitado a atração que o empurrava em direção ao outro. A sinceridade de suas condutas recíprocas havia anulado as diferenças entre os dois. Conversavam de forma despreocupada e confiante.

— Então você veio nos salvar... — Barrabás dizia. — E que tal esse lugar para onde te mandaram?

— Fui enviado para o melhor lugar possível. Com você, estou descobrindo as maravilhas do ser humano.

— E além de ser filho de Deus, o que já é bastante desafiador, por que te prenderam?

— Não sei. Talvez, do ponto de vista de vocês, eu tenha cometido algum delito, mas não sei exatamente qual.

— E isso não o preocupa?

— Não.

— Você é muito ignorante. Não sabe como a morte está próxima de nós aqui nesta cela?

— Eu vou morrer, isso está previsto, mas no meu caso terá outro significado.

— Por favor — Barrabás já abandonara seus modos rudes —, se estiver fazendo graça é melhor dizer logo. Você não sabe como as coisas que está dizendo podem colocá-lo em apuros.

Na presença do forasteiro, o bandido mais agressivo e temível das redondezas estava irreconhecível, preocupando-se com outra pessoa que não ele próprio.

— Meu pai deveria ter me falado dos homens, uma vez que me enviou para me tornar um deles. Ele se precipitou ao elaborar um projeto a partir de algo que não conhece em absoluto. Desde que apareci no mundo de vocês me senti sempre alienado, e isso fez com que ficasse ensimesmado em minha própria essência e não os conhecesse de fato; mas ontem, desde que entrei nesta cela, comecei a descobrir o que é o homem, e a me interessar por isso. Agora mesmo me sinto mais humano, porque sei mais sobre vocês.

— Se o que você está me dizendo é verdade, não vá adiante. Não se rebaixe à nossa miséria. Olhe para mim, veja a coisa miserável que você pode vir a se tornar.

— Como pode dizer isso? Vocês, seres humanos, são outra espécie de divindade.

— Não diga besteiras! — Barrabás ficou irado com a insensatez do forasteiro. — Imagino que a divindade tenha certos recursos...

— Vocês também têm.

— Nós? Quanta ignorância!

— Vocês gozam de uma enorme variedade de sentimentos. Começo a me perceber humano porque começo a ser mais sensível. Meu equilíbrio não é um prazer, não é nada. Não sinto nada em relação a meu Pai, e meu Pai não sente nada em relação a mim. Nosso passado, futuro e presente estão resolvidos e são iguais. Vivemos como em um sonho tranquilo e uniforme. Vocês sentem ódio, medo, amor. Ontem à noite entendi o que é uma paixão, e não consigo compará-la a nada do que conheço. Agora me sinto triste, não sei por quê, e quero chorar, e também não tenho nada com que comparar a isso.

— Mas a gente sabe. O ódio não é bom, nem o medo, nem o amor. Tudo isso é horrível.

— Eu também não tenho com o que comparar a ideia de "horrível". Sua existência é isso tudo ao mesmo tempo, a nossa é a ausência de tudo isso.

— Se você ficar comigo, terá tempo de descobrir muitas outras facetas. Você não poderia ter escolhido um modelo pior, vamos ver se vai continuar nos admirando.

— Não preciso de mais tempo para me convencer. Sua vi-

talidade, a vitalidade de todos vocês... entende o que isso significa? Você pode aniquilar...
— Aniquilar, eu?
— Foi isso que você me disse. Você matou, não?
— Sim, mas ao mesmo tempo também fui vítima disso.
— Matar é desafiar a Deus, meu pai.
— E ele, seu santo pai, não aniquila?
— Meu pai é uma inconsciência contínua. Não pode criar nem destruir, e me mandou aqui para mudar o futuro de nosso reino, influenciado por vocês.
— Seu pai é maluco, assim como você.
— Fico feliz de estar aqui — disse o forasteiro, após um breve silêncio.

No começo, como eu disse, o forasteiro e Barrabás eram a definição de seres opostos. Imagino que foi isso que os atraiu um para o outro desde o princípio. Quando lhes entreguei a comida no terceiro dia, os dois haviam mudado. Barrabás deixara de lado a brutalidade, e o forasteiro parecia menos perfeito e importante do que antes. A influência mútua crescia com o tempo. O forasteiro, cumprindo a orientação do Pai, tornara-se um homem de verdade: sentia fome e frio, amava e se sujava como qualquer um que tivesse passado três dias na prisão. Mas, ao mesmo tempo, estava muito feliz de ter chegado a esse estado. Havia se esquecido de quem era, até que o chamaram a depor diante do juiz e do povo, e ele voltou a tomar consciência de sua missão. Ainda lhe restava a parte mais difícil, e, como o ser humano que no fim das contas era, sentia-se limitado e com medo.

O povo esperava um enfrentamento excitante entre os poderes e aquele personagem insólito; qualquer que fosse o resultado, prometia ser um espetáculo e tanto. No fundo, haviam aceitado a injustiça do presidente como uma prova que o forasteiro precisava dar a respeito de seu poder.

O forasteiro não saiu sozinho. Sem saber que papel deveria desempenhar, Barrabás também esteve presente no julgamento.

A primeira desilusão veio quando o forasteiro apareceu sujo e cansado, com uma expressão de desconfiança no rosto e sem aquele poder de convicção que dias antes emanava de si sem que ele precisasse pronunciar uma só palavra. Ao vê-lo tão humano, tão vulnerável, o povo começou a ficar contra ele. O mito que ele representava para os que o conheciam desmoronava após essa primeira impressão. Muitos, depois de vê-lo, desprezavam-no; outros, seus discípulos mais íntimos, esperavam com ansiedade que ele dissesse a primeira palavra e desfizesse todos os seus temores. No entanto, o forasteiro, previamente derrotado, com a cabeça baixa, esperava que lhe fizessem alguma pergunta, como se não tivesse nada a dizer.

O promotor começou:

— Você é acusado de se proclamar Filho de Deus, e de dizer que seu reino não é este, mas outro. Isso é verdade?

O forasteiro, confuso e envergonhado de suas palavras pretensiosas, não podia não responder afirmativamente, pois lembrava-se de ter dito aquilo, mas não tinha coragem. O povo começou a gritar com desprezo, sentindo-se enganado por tudo o que parecia ter sido mera aparência, agora que o viam daquele jeito.

— Responda, é verdade? Você perdeu a memória ou não sabe falar? — insistiu o promotor.

O forasteiro respondeu, fazendo um esforço enorme:

— Sim, é verdade.

O povo ria de seu medo, e até seus discípulos mais próximos desmentiam ter tido qualquer contato anterior com ele.

— É verdade que você prometeu uma vida melhor para quem o seguisse? É verdade que, para obter tudo o que você promete, seus seguidores precisarão abandonar tudo, inclusive pai e mãe, terras e amigos? — o promotor continuou, implacável.

O forasteiro pensava: "Como pude dizer algo assim?". Mas sabia que o promotor não mentia, ele falara daquele modo em diversas ocasiões. No entanto, como estava longe, agora, dessa grandiloquência! "Meu Deus e Pai!", ele murmurava, cheio de temor. E Deus Pai, indiferente à sua situação, respondia dentro dele: "Não se preocupe, você sabe que isto é uma formalidade, em breve vai ter passado. Você está indo muito bem...". "Mas...", o forasteiro tentou protestar. "Você perdeu a confiança em mim", Deus resmungou. O promotor, interrompendo seus pensamentos e tentando ao mesmo tempo apaziguar os protestos das pessoas, esbravejou:

— Então, é ou não é verdade?

O forasteiro, envergonhado e arrependido, murmurou:

— Sim, é verdade.

Nova chuva de insultos. Barrabás via o povo furioso, sofria tanto como o amigo, mas não podia fazer nada.

— E como ousou dizer tudo isso? Suas palavras são uma ameaça ao país. Você promete aos que te ouvem bens irreais, semeando entre todos a insatisfação e a agitação. Quem você acha que é para prometer o fim das doenças, da pobreza, da feiura e da injustiça? — ele ria. — O Filho de Deus? — O povo fazia um coro ensurdecedor em apoio ao promotor. — Quem você achou que iria convencer com tamanho desatino? Será que não se enxerga? Nem um mendigo tem uma aparência tão miserável como você, nem o próprio Barrabás. — Ao ouvir esta última parte, todos os olhares se voltaram para o ladrão, e o populacho gritou e zombou. — Olhem para ele, não é verdade que Barrabás se parece mais com o Filho de Deus do que este infeliz?

O promotor deixou o povo se agitar e gargalhou, como se a única coisa que pretendesse fosse demonstrar sua inteligência.

— Mas, apesar da inconsequência de suas fanfarronices, você cometeu um delito grave ao atentar contra a paz do povo e insultar a autoridade, e isso merece punição.

O presidente presenciava a cena com desgosto, estava incomodado de precisar intervir em um assunto tão pouco claro.

— Vamos lá, senhor promotor, não se empolgue demais, ele não merece a pena. Há muitos malucos que disseram coisas piores.

— Precisamos dar o exemplo para que daqui em diante as pessoas prestem mais atenção no que dizem publicamente.

— Bem, estou indo, para mim já basta. Faça com ele o que achar melhor. Deixo-lhe a responsabilidade do veredicto.

O promotor, animado com a participação do populacho, e livre da presença do presidente, teve então a ideia de fazer uma deferência aos presentes concedendo-lhes a decisão da sentença. Os feitos de Barrabás eram conhecidos de todos, no dia seguinte seria crucificado; contudo, naquele momento, Barrabás tinha mais simpatia do povo do que o infeliz forasteiro. O promotor deixou que o povo decidisse pela vida de um dos dois, e este, com grande alvoroço, escolheu Barrabás.

O forasteiro se alegrou por conseguir salvar a vida do ladrão, mas chorava de medo ao pensar na própria morte. Em nenhum momento a ideia de sua futura ressurreição ou de seu retorno aos céus pareceu confortá-lo, sequer pensava nisso. Como homem que era, sua única paixão eram os homens, e seu único temor também procedia deles.

Barrabás estava em liberdade, e o forasteiro foi levado de novo à prisão; naquela noite descobri, se ele era realmente o Filho de Deus, até que ponto pode chegar o sofrimento dos homens. Naquela noite interminável, a dor de sua morte iminente foi ainda maior pela ausência do ladrão. A única coisa que o sustentou foi o pensamento de que Barrabás fora redimido, embora, ao mesmo tempo, a ideia de estar separado dele lhe parecesse insuportável.

As pessoas acolheram o novo Barrabás com grande festa. As prostitutas lhe ofereciam seus corpos banhados em vinho, mas, para sua surpresa, Barrabás rejeitava as duas coisas. Ele perambulou pela cidade, não se reconhecendo e não reconhecendo o que até então fora seu hábitat. Aquela noite foi torturante para ele também, pelo que ouvi. A cada saudação respondia com um rugido, e alguns se arrependiam e protestavam por tê-lo salvado. Tentou fugir, mas a ideia de abandonar o forasteiro o impedia de continuar. Aproximou-se da prisão, conforme me contaram os guardas, e ficou rondando por ali até o amanhecer.

No dia seguinte, tiramos o forasteiro da cela para conduzi-lo ao monte onde ele seria crucificado. Trouxeram-lhe a cruz até o cárcere, para que ele a transportasse até o lugar da crucificação. Nunca vi ninguém em tamanho estado de impotência.

Quando saímos de fato, Barrabás estava lá fora, como um cachorro sem dono. O forasteiro não o viu, pois o peso do madeiro fazia com que olhasse para baixo.

Com inacreditável humildade, Barrabás pediu permissão aos guardas para ajudar o prisioneiro a sustentar a cruz. Os guardas acharam estranho, mas permitiram. Naquele momento, o antigo filho de Deus se deu conta da presença do amigo.

— O que você está fazendo? — ele perguntou, exausto.

— Te acompanhando.

— Vá embora, aproveite a liberdade. O único sentido da minha morte é você poder viver. Vá embora antes que as pessoas se arrependam.

— Não tenho nada para fazer.

— Continue roubando, matando, estuprando. Abuse de sua força.

— Ontem à noite percebi que não queria fazer nada, que as coisas que fazia antes já não me interessam. Você me mudou.

— Não fale assim. Não torne este sacrifício estúpido ainda mais difícil.

— Não se preocupe, você ainda tem uma missão a cumprir.

— Não, tenho medo da morte. Minha missão não importa, tenho que pensar em mim e em você.

— Mas e seu pai?

— Não sei, está muito longe daqui, não o sinto mais.

— Eu não me atreveria a propor isso, mas, já que você não se importa mais com a missão, por que não deixamos tudo isso para trás e fugimos?

— Fugir?

— Sim.

— Não tenho forças nem para ficar de pé.

— Eu cuido disso.

Então, sem dar tempo para que os guardas reagissem, Barrabás pegou a cruz e com ela os golpeou. E, depois de abatê-los, tomou o forasteiro nos braços e fugiu pelo monte.

Memórias de um dia vazio

Quinta-feira Santa. A luz de um sol radiante entra pela janela. Mas não sei o que fazer com o dia que tenho pela frente. É divertido ou interessante escrever sobre um dia tedioso e chato? Tenho medo de dias assim.

Terminei de assistir à série de Ryan Murphy sobre os diários de Andy Warhol. Faltava pouco. É raro que assista a séries de manhã, mas hoje é um dia especial.

Quando Warhol veio a Madri, fui convidado a todas as festas organizadas em sua homenagem. Era 1983 e ele vinha para promover sua exposição de revólveres, crucifixos e facas. Fui apresentado a ele mais de uma vez em cada uma dessas festas, e ele não me dirigiu uma só palavra; seu modo de reagir era fazer uma foto sua com uma camerazinha que sempre levava consigo. Quem me apresentava sempre dizia a mesma coisa: este (eu, no caso) é o Warhol espanhol. Na quinta vez que disseram isso, ele me perguntou por que me chamavam assim, e eu, completamente envergonhado, respondi: "Imagino que porque sempre ponho travestis e transexuais nos meus filmes". Encontro constrangedor. Ele tinha vindo à Espanha basicamente para que os milionários, as pessoas que aparecem na revista *Hola*, lhe encomendassem algum retrato; as festas eram nas casas de milionários cafonas, nobres e banqueiros, mas ninguém encomendou nada. Eu teria pedido um retrato, mas naqueles anos não tinha dinheiro suficiente.

Da série, gosto muito de todas as imagens sobre sua relação com Basquiat: eles tiveram uma verdadeira história de amor sem sexo. É evidente a adoração e o respeito que Basquiat sentia por Warhol, que em algum momento se tornou seu mentor. Quando decidiram pintar juntos, fizeram uns duzentos quadros, que vi em uma exposição em Paris e adorei. O próprio Warhol afirma que Basquiat é melhor pintor que ele. E estou de pleno acordo.

Interessa-me também o momento em que a obra conjunta dos dois foi exposta em Nova York, um evento grandioso para o mundo da arte, porém visto pela crítica de modo morno e pouco favorável — acabaram dizendo que Basquiat era o animalzinho de estimação de Warhol. Hoje ninguém questiona a qualidade desses trabalhos, mas acredito que a crítica nova-iorquina de então foi mesquinha e cruel. E provavelmente azedou para os dois a experiência extraordinária de pintarem juntos.

Surpreende-me também ver como os dois artistas mostraram-se tão suscetíveis ao que escreviam sobre eles; achei que estavam muito acima disso.

Surpreendem-me as contínuas referências à homossexualidade de Warhol e de seu entorno, surpreende-me que mais de um crítico ou especialista fale do anseio de Warhol por ser aceito como artista gay, e da máscara que ele meticulosamente (e com muito talento) acabou construindo para abandonar a pessoa que era em casa e se mostrar apenas como um personagem quase grotesco, criado à vista de todos. Sem enganar a ninguém. Entendo que isso deve tê-lo divertido por um tempo, que ele só quisesse compartilhar com o resto do mundo seu avatar mais banal, mas passar a vida assim?

Eu pensava que, morando na cidade mais sem preconceitos do mundo, com um entorno artístico de vanguarda, ninguém sequer ficaria pensando se Warhol era gay ou não. Assim como o segundo grande amor de sua vida, um executivo da Paramount, ele nunca o confessou. Pensando bem, em se tratando de meados dos anos 1980, suponho que manifestar livremente sua homossexualidade era como dizer que você tinha uma bomba no bolso, passível de explodir a qualquer momento.

Imagino que durante as filmagens de *Heat*, *Flesh* ou *Trash* (Paul Morrissey à sombra de Andy), ou mesmo nos primeiros filmes do próprio Warhol, *Sleep*, *Lonesome Cowboys*, *Chelsea Girls* ou *Women in Revolt*, ninguém pensava nesse assunto. Talvez seja ingenuidade minha, mas, ao ver a obra e a vida de Warhol ou de Basquiat, não me ocorre pensar em coisas como a sexualidade dos artistas ou a cor da pele de Basquiat; porém, segundo o documentário, havia muita gente prestando atenção nesses detalhes.

Reconheço que, assim que saíram, comprei os diários de Warhol e comecei a lê-los, mas não passei das primeiras páginas. Tudo que ele mencionava, ao menos no começo, eram os trajetos feitos de táxi e o valor exato que haviam custado. Não tive paciência para seguir adiante.

Esta é a primeira vez que escrevo sobre o "agora", isto é, que tento manter um diário do momento que estou vivendo (bem, às vezes tomo notas durante as viagens de lançamento dos filmes, e, quando minha mãe morreu, queria me lembrar de como me sentia na manhã seguinte, queria me lembrar em detalhes daquele momento). Em geral acho entediante escrever sobre mim, mas a leitura de escritores ou artistas que falam de si, que escrevem sobre si mesmos, me atrai. Nesse sentido, acho curioso que os *Diários* de Andy não tenham sido escritos por ele, mas por Pat Hackett, a quem ele telefonava todos os dias de manhã, assim que acordava, para contar sobre tudo o que havia feito no dia anterior (e quanto cada coisa custara: acredito que sua obra literária consiste nisso, em anotar o custo de tudo o que fazia, mesmo que fosse um simples trajeto de táxi). Se você quer ter um registro completo de sua vida, incluindo os mínimos detalhes, creio que o prazer está em você mesmo extraí-los, lembrar-se deles, dar forma a eles com palavras. Creio que é esse o jogo de refletir ou de se sentir refletido na página como se fosse um espelho. Pergunto-me se Warhol chegou a ler os *Diários* depois que foram editados. Receio que não. Não o vejo lendo um calhamaço de quase mil páginas, mesmo que tematizasse sua própria vida.

Cheguei a esta Nova York cinco anos depois e em plena transmissão do vírus. As pessoas conviviam com a pandemia que havia levado os artistas mais importantes daquela época e da cidade. Eu estava lançando *Ata-me!*, depois do enorme sucesso de *Mulheres à beira de um ataque de nervos*.

Nova York é uma cidade em contínua reinvenção, que sabe renascer de suas tragédias. Perdi as noites loucas do Studio 54, mas, naquele momento, em 1990, a noite nova-iorquina não tinha perdido sua loucura, seu glamour e seus atrativos. Outra época nascia, mas Nova York continuava sendo Nova York. As festas e os eventos mais importantes estavam a cargo das drag queens, lideradas por RuPaul e Lady Bunny. Em pouquíssimo tempo elas viraram rainhas da noite nova-iorquina, junto com Susanne Bartsch, que, embora fosse mulher, também era drag.

Todas elas foram capazes de trazer brilho e alegria a uma cidade devastada pela dor e pela perda.

Lembro que mandei fazer na Espanha uns vestidos de cigana com os quais vesti RuPaul e Lady Bunny, que foram as anfitriãs da estreia de *Ata-me!* na cidade. Elas foram acompanhadas por Liza Minnelli, que concordou em cantar "New York, New York" para mim descendo pelas escadas metálicas da recém-inaugurada discoteca The Factory, uma antiga central elétrica. No trajeto até a escada, ela me tomou pelo braço, e notei que estava tremendo (acabara de sair de um período de reabilitação e ainda estava frágil). Ela me falou: "Pode dizer o que quer que eu faça, sou filha de diretor, como você sabe...".

A vida continuava, e havia novas formas de celebração que compensavam o fato de eu não ter chegado dez anos antes. Foi o momento em que as *houses* davam seus impressionantes *balls* nas discotecas da moda. Pude ver como o *voguing* foi forjado desde o início, antes do documentário *Paris is Burning* e da canção "Vogue", de Madonna, e três décadas antes da série *Pose*.

Quero registrar, antes que me esqueça, e especialmente agora que estou falando do rei do pop, o maior exemplo de pop art que vi nos últimos tempos. Eu estava zapeando os canais e de repente aparece em um programa um tatuador que desenhou o tapa de Will Smith em Chris Rock. Ele mostra o desenho sem volume, feito apenas de linhas, mas muito preciso. Exibe também a perna do primeiro cliente em que o tatuou.

Escrever do jeito que estou fazendo agora me faz lembrar de um livro que li em meu último voo para Los Angeles (para a cerimônia do Oscar), de Leïla Slimani, autora de outro livro que eu já tinha adorado, *Canção de ninar* (Prêmio Goncourt de 2016). Procuro-o na estante e volto a folheá-lo. Chama-se

O perfume das flores à noite, e dá a impressão de ter sido escrito porque a autora se obrigou a fazê-lo. Slimani começa falando de sua necessidade de reclusão para poder se concentrar na escrita: "A reclusão me parece a condição necessária para que a Vida aconteça. Como se, mantendo distância dos ruídos do mundo, protegendo-me deles, pudesse enfim surgir um outro possível".* Imagino-a sozinha no lugar onde escreve, sem atender o telefone, rejeitando qualquer conexão com o exterior, olhando para o computador, esperando ser levada por alguma ideia, ou começando a escrever justamente sobre essa tensão: o vazio dos dias estéreis. O vazio dela, se é que se pode chamar assim, é diferente do meu.

Cheguei a essa situação de isolamento quase total como resultado de não responder aos outros, por não ter cultivado verdadeiras relações de amizade ou por não ter dado atenção às que tinha. Minha solidão é o resultado de não me ter preocupado com ninguém, exceto comigo mesmo. E pouco a pouco as pessoas desaparecem. Em dias como hoje, minha solidão é um peso enorme, e não importa que eu já esteja acostumado, que seja um solitário experiente. Não gosto disso, e em muitas ocasiões fico angustiado. É por isso que tenho de estar sempre envolvido no processo de criação de um filme. Mesmo agora, porém, com três projetos à vista, há sempre os feriados e as festas, a maldita Semana Santa, durante a qual minha atividade fica paralisada, porque as pessoas em meu escritório não trabalham, e meus poucos amigos e meu irmão saem de Madri.

---

* Todos os trechos de O *perfume das flores à noite*, de Leïla Slimani, citados neste conto foram retirados da tradução de Francesca Angiolillo (Rio de Janeiro: HarperCollins Brasil, 2024).

Venço o tédio, visto-me e vou para a rua. Madri está vazia, exceto a calçada em frente de onde vivo e passeio, o Paseo del Pintor Rosales, onde há bastante gente nas varandas ou passeando, famílias com crianças; vejo, sentados em um banco, um casal de latino-americanos, namorados ou recém-casados, baixinhos, observando com encanto as pessoas que passam; cruzo também com um casal de lésbicas, quase idênticas em sua maneira neutra de se vestir, o cabelo masculino casual, e baixinhas também. São mais velhas. Queria saber mais sobre elas, fico feliz que uma tenha encontrado a outra. O silêncio dos casais sempre me impressiona. Caminho por meia hora, 3426 passos, 2,57 quilômetros. Preciso andar mais, mas não consigo, faço apenas a meia hora necessária, mas com dor, especialmente na região lombar, por conta da cirurgia na coluna.

"Para escrever, é preciso se negar aos outros, negar-lhes sua presença, sua ternura, decepcionar amigos e filhos. Vejo nessa disciplina ao mesmo tempo motivo de satisfação, de felicidade, até, e a causa da minha melancolia", diz Slimani em seu livro. Não concordo com ela, ao menos não inteiramente. Levei ao pé da letra esse parágrafo e não obtive qualquer felicidade ou satisfação, apenas muita melancolia. É desagradável, pelo menos para mim, saber que estou sendo mesquinho com a forma como uso meu tempo, por mais que o trabalho de escrever e dirigir filmes seja do tipo que absorve uma pessoa por inteiro; talvez Leïla Slimani tenha razão ao constatar que tanto o seu trabalho quanto o meu exigem muitas horas de isolamento, mas sinto enorme falta do contato com a vida dos outros, e é difícil para mim voltar ao passado, quando eu era um ser social e levava uma vida mais coletiva, porque com a idade nem tudo serve, e conhecer pessoas não é suficiente. Pegar o telefone e ligar indiscriminadamente para os mesmos amigos nem sempre é um estímulo. E acho que isso é muito negativo, sobretudo para alguém como eu, que me nutri muito de tudo o que me rodeava para escrever meus roteiros: minha mãe, minha infância, os anos no colégio de padres, minha juventude madrilenha, as dezenas de amigos com quem convivi na época da Movida, as conversas ouvidas, a extravagância de certas amizades, a dor, também provocada por relações pessoais mais íntimas. Se eu tinha certeza de algo quando era jovem era de que jamais ficaria entediado. Agora fico. E isso é uma espécie de derrota.

Sigo com Slimani, tomarei como guia e pretexto a mesma coisa que ela teve neste livro que me fascina, *O perfume das flores à noite*. Ela aceitou um convite de sua editora para passar uma noite trancada em um museu. O projeto se chamava *Ma nuit au musée*, e o que a editora de fato propunha era que ela dormisse no Punta della Dogana, edifício mítico de Veneza, antiga alfândega, transformado em museu de arte contemporânea, e escrevesse algo a respeito.

A própria autora reconhece que não tem muito a dizer sobre arte contemporânea, que não a interessa o suficiente, mas o que acaba por convencê-la é a ideia de estar trancada no edifício, e assim ela aceita a proposta. No livro, assim como eu neste momento, mas com muito mais talento e melhores coisas para dizer, Slimani deixa-se levar pelas obras expostas somente para ela, as quais, embora muitas vezes não as compreenda, ativam um mecanismo interior que a transporta à sua infância em Rabat, ao verdadeiro significado da escrita, ao seu pai, e às duas culturas a que pertence, o Marrocos e a França, sem que se sinta totalmente francesa ou totalmente marroquina, como se estivesse sentada na junção de duas cadeiras, uma nádega em cada.

Ela fala também da Notre-Dame em chamas e do suicídio

das cidades, como Veneza, aonde precisa ir para passar uma noite trancada em um museu. Fico impressionado quando ela diz que a catedral de Notre-Dame se suicidou, ardendo, esgotada, diante dos que a transformaram em um objetivo turístico a ser consumido.

"Estar sozinha em um lugar de onde não poderia sair, onde ninguém poderia entrar. Essa é, sem dúvida, uma fantasia de romancista. Todos temos sonhos de clausura, de um teto sob o qual seríamos a um só tempo prisioneiro e carcereiro." A simples ideia de algo assim me aterroriza. Talvez porque eu não seja romancista, ou simplesmente porque sofro de extrema claustrofobia. O livro é muito interessante, li-o de um só fôlego. Todas as páginas estão sublinhadas, mas, como disse, não concordo com muitas das ideias expressas pela autora. E sinto um estranho prazer nisso.

Em determinado momento, ela fala como devemos aceitar nosso destino, seja ele bom ou ruim. Eu me nego a aceitá-lo, e me esforço para melhorá-lo, ainda que o isolamento e a inércia não sejam as melhores formas de melhorar algo. Mas é preciso viver em paz com nossas contradições. Essas, sim, eu aceito.

Para os muçulmanos, continua Slimani, a vida na Terra é pura vaidade, não somos nada e vivemos à mercê de Deus. Palavras duras para um ateu como eu. Não aceito, como ela diz, que a presença do homem neste mundo seja efêmera e que não devamos nos apegar a ela. A efemeridade da existência é indiscutível, mas é a única coisa à qual podemos nos apegar. Por instinto, buscamos um motivo e uma explicação, somos seres pensantes.

Nós custamos a aceitar, afirma Slimani, a crueldade do destino. Nesse caso, penso que ela está falando de mim.

Embora a escrita — seja de um romance ou de um roteiro — exija inevitavelmente muito tempo de concentração e solidão, nem sempre esse fluxo (que sentimos quando já estamos habitando a história que queremos contar) ocorre quando estamos sentados na frente do computador. Para mim, o movimento ajuda muito. Passear, por exemplo. Se paro de escrever e saio para caminhar, minha mente continua escrevendo durante o passeio. De fato, em um momento de enorme descaro, eu estava passeando quando alguém se aproximou de mim para falar algo e eu me desculpei: "Desculpe, estou escrevendo". E não era mentira, embora parecesse uma boutade: durante as caminhadas tenho novas ideias para desenvolver a história que estou escrevendo. Isso também acontece nos trajetos que faço de carro. E, é claro, nas longas viagens de avião. O fato de as referências ao tempo e ao espaço desaparecerem aumenta minha capacidade de concentração. Tudo o que leio me nutre e me inspira. Muitos dos argumentos dos meus filmes, ou novas ideias capazes de furar eventuais bloqueios narrativos, surgiram para mim durante um voo, cercado por desconhecidos em pleno sono.

Gosto de escritores que falam sobre o ato de escrever e citam continuamente frases de outros autores; o livro de Slimani é cheio de reflexões sobre a escrita. "Não acredito que escrevemos para aliviar algo", diz ela. Concordo. "Pelo contrário, um escritor se agarra de forma doentia a suas dores, a seus pesadelos. Nada seria mais terrível do que se curar deles." Não sei. É verdade que não escrevemos quando estamos felizes, nem sobre personagens felizes; a tensão e os conflitos são como as batidas na música, necessários para narrar qualquer história, pois fazem com que ela tenha uma espécie de esqueleto, de estrutura e de ritmo.

É Quinta-feira Santa. Não liguei a tevê em momento algum do dia, mas chegam a meus ouvidos os barulhos dos tambores das procissões, o cheiro da cera queimando e os gritos enlouquecidos dos devotos (excitados tanto pela fé como pelo álcool), louvando as diversas virgens no interior e nas grandes cidades da Espanha. Ouço também as bombas dos russos destruindo cidades ucranianas. Para eles não há trégua. O horror da guerra não permite descanso, nem mesmo na Semana Santa.

E, com isso, a noite chega e eu paro de escrever.

Um romance ruim

Sempre sonhei em escrever um romance ruim. No começo, quando jovem, minha aspiração era me tornar escritor e escrever um grande romance. Com o tempo, a realidade foi me mostrando que tudo o que eu escrevia acabava se transformando em filmetes, primeiro em Super-8 e depois em longas-metragens que estreavam nos cinemas e eram bem-sucedidos. Entendi então que aqueles textos não eram contos literários, e sim rascunhos de roteiros cinematográficos.

À primeira vista parece que o autor de um bom roteiro é capaz de (e é chamado a) escrever um bom romance. Pensei que era questão de tempo, de maturidade, de acumular experiências, de possuir certo talento, certo olhar e mundo próprios; porém, apesar de me achar possuidor de tudo isso, senti que estava me enganando. Escrever um bom roteiro não é algo fácil, requer tempo e horas de solidão (e astúcia narrativa), além da habilidade de ser um pouco impiedoso consigo mesmo; mas nada disso faz com que um bom roteiro se torne um romance. Ninguém é tolo a ponto de pensar que, ao escrever um bom roteiro, está desti-

nado a escrever um bom romance, muito menos um grande romance. E, no entanto, trata-se de uma aspiração humana e legítima, da qual é preciso se defender; para tanto, é importante não se apaixonar pela própria obra. Acho que superei essa fraqueza, ou ao menos a domei com determinação. Um conselho que eu daria a todos os escritores medíocres, e aos não tão medíocres assim, algo que eu mesmo pratico, é o exercício da autocrítica. A autocrítica proporciona algo inestimável: a calma, o saber esperar. E eu esperei (espero há mais de quarenta anos). Outro efeito positivo da autocrítica é que ela faz com que a decepção final seja mais tolerável.
Existe também o subgênero dos roteiros romanceados. Isso foi feito com algumas séries de tevê, e um autor ilustre, Quentin Tarantino, imediatamente após rodar seu último filme, *Era uma vez em... Hollywood*, escreveu um romance com o mesmo título e os mesmos personagens. Não sei se ele o escreveu antes ou depois do filme; imagino que começou a escrever o romance, poucos capítulos depois pensou que deveria ser um filme, e então escreveu o roteiro, que foi indicado ao Oscar de melhor roteiro original — tendo perdido para o de *Parasita*, um filme brilhante, mas de roteiro questionável se você não é viciado em reviravoltas e mutações contínuas na trama. Há um momento em que a trama é o que é e não deve mudar de natureza ou de gênero. (Logo eu, que misturo tudo, dizendo isso. Adoro a mistura, mas não a mutação. Aprendi isso com *Kika*, no qual essa mistura mutante acabou por se revelar fatal.) Não quero ser categórico, mas acho que a terceira parte de *Parasita* é outro filme. Talvez eu esteja me empolgando demais, porque, em todo caso, gosto muito de ambos os filmes e de ambos os autores. Mas eu estava falando do roteiro transformado em romance. Há muitos outros exemplos, menos ilustres do que o que acabo de mencionar.
O roteiro romanceado, na maior parte dos casos, é uma es-

tratégia para surfar no sucesso do original, transformando-o em romance, e é claro que tem seu público. Aliás, gosto muito do fato de que haja público para isso. Por muito tempo adorei as imitações baratas, não apenas na cultura, mas também na gastronomia, na moda etc. Há uma ingenuidade comovente em querer e não poder.

Contudo, deixando o consumidor de lado e pensando somente no autor, o roteiro romanceado é um autoengano, inclusive na autoficção. Qual é a diferença entre um roteiro e um romance? O segundo é um relato cuja principal ferramenta é a palavra, e o primeiro baseia seu impacto nas imagens, sem prescindir da palavra, e por isso há roteiros que são qualificados como muito literários, porque os personagens falam muito. Eric Rohmer é um bom exemplo. Ingmar Bergman, um exemplo ainda melhor. Acho que algum de seus roteiros chegou a ser romanceado, ou teve uma versão em livro, não sei se antes ou depois do filme. Mas talvez Bergman, por suas origens teatrais, seja um dos poucos diretores cujos roteiros valeria a pena romancear, caso fosse ele a escrevê-los.

Confesso que a primeira frase deste texto não é totalmente verdadeira, mas eu não queria abrir mão dela. Nem sempre sonhei em escrever um romance ruim. Levei muito tempo e diversos filmes para reconhecer que não estaria à altura como romancista, ainda que meus roteiros sejam cada vez mais literários e que alguns dos meus filmes, se eu tivesse talento suficiente, pudessem ter sido melhores romances do que filmes, já que há muito material que, por questões de ritmo e de caligrafia cinematográfica, não pude incluir neles. Em todas as histórias que contei, todos os personagens que construí (refiro-me aos bons, não aos que não deram muito certo), eu dispunha de quase o dobro de material dramático que não consegui integrar à forma final do filme. Tenho muito mais informação sobre os personagens e suas histórias do que aparece na tela. Todos esses dados que sobraram teriam encontrado lugar se o que eu tivesse escrito fosse um romance.

Não há nada mais oposto a um romancista do que um diretor/roteirista. O diretor é um homem de ação e deve ser implacável, encurtando frases, reações, cenas e personagens inteiros. Porque o diretor é um escravo da história que deve contar, e, para fazer isso, tem que responder a centenas de perguntas (não é exagero) das equipes. Ele nunca dispõe de tempo suficiente, e, se a filmagem for em estúdio, os deslocamentos podem ser curtos, mas são repetidos de maneira exaustiva. Se você tiver um animal de estimação, não pode levá-lo consigo. O trabalho do romancista, por sua vez, é sedentário. Ele pode ficar diante do computador nos horários que desejar e até sair para dar um passeio se tiver vontade. Está isento de falar com quem quer que seja, e tampouco precisa responder a perguntas durante o processo de escrita. Além disso, pode ter gatos e fazer carinho neles. E beber. E fumar sem parar. É uma pessoa livre, cuja vida, como a de todos, talvez não esteja isenta de desgraças — mas um romancista sempre saberá transformá-las na parte mais viva de seu romance.

Ainda assim, e voltando à pergunta sobre qual é a diferença entre um roteiro e um romance, penso em várias respostas. São duas disciplinas completamente distintas. Não é de estranhar que haja tão poucos bons romances que viraram filmes à altura. Nem o grande Kubrick conseguiu isso com *Lolita*, de Nabokov. Há exceções, claro: *Dublinenses*, de James Joyce/John Huston, ou *O leopardo*, de Visconti/Lampedusa...

Vou dar um exemplo. Em um roteiro, indicamos que um personagem vai abrir a porta. Alguém bateu antes. No roteiro só é preciso explicar a ação, isto é, Fulano abre a porta. Em um romance, durante esse breve percurso (enquanto o homem se aproxima da porta), é possível contar toda a história do personagem e de sua relação com o mundo. Tudo pode ser narrado.

No cinema, não existe voz interior; existe a voz em off e o flashback, mas não há como compará-los. Ambos são elementos narrativos que precisam ser tratados com extremo cuidado — a não ser que você se chame Martin Scorsese, especialista em usar flashbacks maravilhosamente sustentados por uma voz em off.

Houve um momento, anos atrás, em que desisti de minhas aspirações romanescas. No entanto, ao ler *Mac e seu contratempo*, o romance de Enrique Vila-Matas no qual o protagonista decide reescrever uma obra já existente, *Walter e seu contratempo*, ampliei o espectro dos tipos de romance que eu, com minhas habilidades limitadas, poderia tentar.

Mac é fascinado por livros póstumos e sonha que o seu possa parecer póstumo e inacabado. Também o atrai muito a ideia de falsificação, mas acredito que, se não há autoengano, não há falsificação. O importante é não enganar a si mesmo (de repente me vem uma dúvida sobre essa última questão), e Mac não se engana de forma alguma. Seu plano é escrever todos os dias, preencher o tempo vazio, pois ele ficou sem trabalho e os dias estão agora muito compridos. Mas não é a disciplina de escrever um diário que o atrai, e sim uma obra de ficção, para a qual precisa de ideias. Ele descobre então *Walter e seu contratempo*, um romance muito criticado do qual ninguém se lembra e cujo autor por acaso é seu vizinho e não o trata com simpatia, o que o torna alguém a quem ele não deve o menor respeito. Todas essas circunstâncias são suficientes para que Mac decida reescrever *Walter e seu contratempo* e, é claro, melhorá-lo. Ele não se preocupa com o futuro, nem em termos legais nem literários. Talvez morra antes de terminar o romance e ele se torne um falso livro póstumo.

O romance de Vila-Matas, divertidíssimo e engenhoso, me

levou a concluir que há certas pessoas (eu, para não ir mais longe) que sentem a necessidade de escrever um romance, e que a questão da qualidade não deveria ser um contratempo. Se não me sinto capaz de escrever um grande romance, poderia tentar um outro tipo de romance, cuja classificação não se atenha à sua qualidade e grandeza. Concluí que um romance ruim é, ao fim e ao cabo, um romance, e que, se me esquecer de sua qualidade, ou simplesmente parar de me preocupar com ela, um romance ruim pode estar ao meu alcance. Seria um romance adulto e honesto, no qual o autor sabe o que está fazendo e já superou os anseios juvenis de relevância. E poderia inclusive acabar sendo um romance divertido. Não seria o primeiro.

Encontro em *Ioga*, o livro de Emmanuel Carrère, um conselho que ele por sua vez extraiu de um livro que admira, *Passeios com Robert Walser*, de Carl Seelig. É um conselho para escritores impacientes:

> Pegue algumas folhas de papel e, por três dias consecutivos, escreva, sem floreios ou hipocrisia, tudo o que lhe passar pela cabeça. Escreva o que pensa de si mesmo, de suas mulheres, da guerra da Turquia, de Goethe, do crime de Fonk, do Juízo Final, de seus superiores, e ao final de três dias você ficará surpreso ao ver quantos pensamentos novos, até então jamais expressos, brotaram de você. Nisso consiste a arte de se tornar um escritor original em três dias.

Fico fascinado e concordo totalmente, mas não me sinto capaz de levar a cabo esse exercício brilhante. Posso escrever por três dias sobre tudo que me passar pela cabeça, sem floreios ou hipocrisia. Inclusive é algo que acho que já fiz, não sei se por três dias consecutivos, mas certamente por dois, no Natal ou na Semana Santa, que são as épocas de maior solidão e tédio para mim. Isso no meu caso é mais fácil do que deixar os pensamentos fluírem, como se faz na meditação da ioga. Pensamentos e canções me invadem continuamente e insistem em me acompanhar quando estou em silêncio, o que acontece na maior parte dos dias em que não estou filmando. Canções, principalmente. Às vezes a mesma canção que se repete uma e outra vez, até que meu desesperado cérebro, executando uma ordem minha, a substitui por outra, que por sua vez se repete em loop e assim por diante, até que eu adormeça. É uma tortura.

Não tenho problema em escrever sobre mim mesmo. Diria que é quase a única coisa que faço. Escrever sobre "minhas mulheres" ou "meus homens" é mais difícil, pois não quero implicar ninguém no que escrevo; somente se tiver ficcionalizado o bastante para que o personagem original fique irreconhecível.

Sobre a guerra da Turquia e sobre Goethe seria preciso fazer muita pesquisa, e a ideia não me atrai muito; de todo modo, eu levaria mais de três dias. Quanto ao crime de Fonk, imagino que eu poderia escrever sobre qualquer crime, desses que aparecem nos jornais todos os dias. Sobre meus superiores? Não tenho superiores. Sou meu próprio chefe.

É uma pena, porque o conselho de Carl Seelig é excelente. Ao mesmo tempo, porém, demonstra minhas próprias contingências, e provavelmente as de muitos aspirantes a grandes escritores.

Já que não consigo e me dá muita preguiça ir atrás de informações sobre a guerra da Turquia, o crime de Fonk e sobre Goethe, procurarei temas e personagens mais próximos. Este poderia ser um bom começo:

"Nasci no início da década de 1950, uma época ruim para os espanhóis, mas muito rica para o cinema e a moda."

ESTA OBRA FOI COMPOSTA PELO ESTÚDIO O.L.M./ FLAVIO PERALTA EM ELECTRA
E IMPRESSA EM OFSETE PELA GRÁFICA BARTIRA SOBRE PAPEL PÓLEN NATURAL
DA SUZANO S.A. PARA A EDITORA SCHWARCZ EM JUNHO DE 2024

A marca FSC® é a garantia de que a madeira utilizada na fabricação do papel deste livro provém de florestas que foram gerenciadas de maneira ambientalmente correta, socialmente justa e economicamente viável, além de outras fontes de origem controlada.